Dirk Hempel · Frauke Reinke-Wöhl

Haus Kreienhoop

Kempowskis zehnter Roman

Dirk Hempel **Haus Kreienhoop**
Kempowskis zehnter Roman Fotos Frauke Reinke-Wöhl

mit einem Geleitwort von Walter Kempowski

Haus Kreienhoop mit Turm und Saal

Auf der Terrasse

Zum Geleit

Wer jetzt kein Haus hat, baut sich keines mehr, so hätte ich denken können in meinem Lebensfrühling, weil er mir wie ein Herbst vorkam. Das war in den Jahren nach meiner Entlassung, in denen ich in Göttingen umherirrte und sehnsüchtig die schönen Professorenhäuser ansah mit ihren Erkern, Gartenpavillons und Türmchen. Nichts weniger hätte ich vermutet, als daß ich irgendwann einmal „baue". Ich dachte mehr an eine Dorfschullehrerexistenz in einem alten Schulmeisterhaus mit salpetrigen Wänden und im Garten Stangenbohnen und Cosmeen. Die sogenannte Dorflehreridylle, von der ich schon in Bautzen geträumt hatte, erfüllte sich. Aber als die Schulreformer die Wege zur Glückseligkeit begradigten, stellte sich heraus, daß ich mich längst mit einem weitreichenden Hausplan befaßt hatte. Als meine Stelle aufgelöst wurde, fand sich bald ein Grundstück, und das Haus entstand genauso, wie ich es mir vorgestellt hatte, ein wenig Höhle, ein bißchen Gutshaus, Schule und Kloster. In zweijähriger Bauzeit immer Stück für Stück wurde der Plan realisiert. Nun steht es da, und ich sitze in der Bibliothek. Ich höre, wie meine Frau mich ruft. Dann wandere ich mit ihr in der Allee hin und her und sehe den Blättern zu, wie sie treiben. In der Tat, ich tue es.

Seit Jahren komme ich mit meinem Mitarbeiter Dirk Hempel jeden Nachmittag beim Tee zusammen, mal auf der Galerie, mal im Pavillon, im Turm oder in der Lotterecke. Dabei besprechen wir die Arbeit des Tages, reden über den langen Weg, den wir gemeinsam gingen, und über das, was in der Zukunft noch zu tun bleibt. Und wir empfinden es als wohltuend und anregend, in den Garten hinauszublicken. Ganz allmählich entstand der Wunsch, das Haus Kreienhoop auch den Kempowski-Lesern zu öffnen. Mit Frauke Reinke-Wöhl, einer begabten Fotografin, sah sich Herr Hempel um und stieg sodann durch Haus und Garten, winters wie sommers. Ich bin erstaunt, was aus dieser Zusammenarbeit geworden ist, und ich möchte fast sagen, daß niemand Kempowskis Bücher versteht, der nicht seinen zehnten Roman gelesen hat.

Walter Kempowski

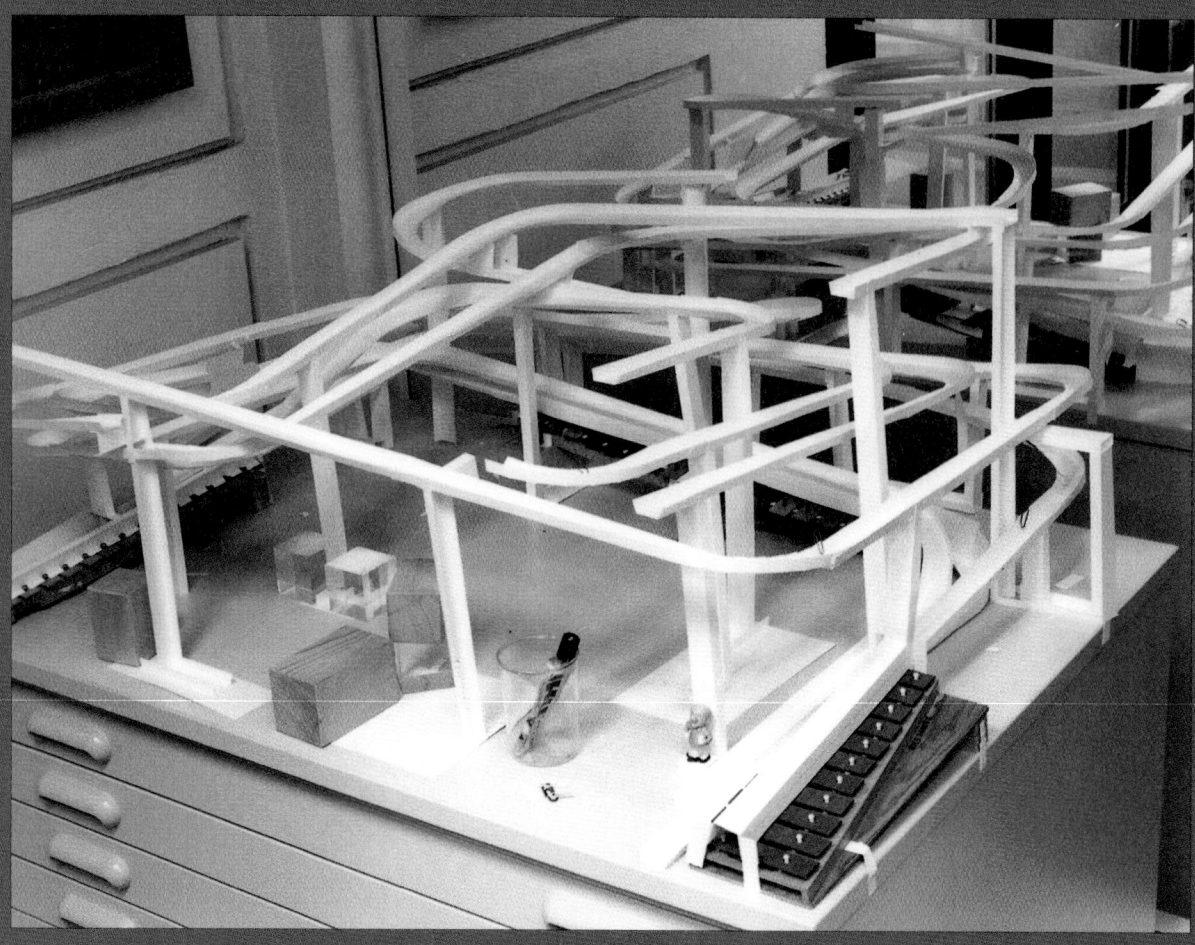
Kugelbahn Nr. 16, im Bau

Haus Kreienhoop liegt am Rand des Dorfes Nartum nordöstlich von Bremen inmitten von Feldern und Wiesen, am Horizont Birken, dahinter beginnt das Stellingsmoor. „Das Haus ist auch ein Werk von mir", sagt Walter Kempowski, „ich habe mir darüber genauso viele Gedanken gemacht wie über jeden meiner Romane." Von „Aus großer Zeit", „Schöne Aussicht", „Tadellöser & Wolff" bis zu „Heile Welt" sind es neun an der Zahl – Haus Kreienhoop ist der zehnte Roman.

Künstler und ihre Häuser

Es ist Symbolarchitektur wie die Sakralbauten des Mittelalters oder die Schlösser des Barocks. In seiner Anlage und durch die Auswahl der Objekte, Gemälde, Plastiken manifestiert sich die künstlerische Idee, die Kempowskis Arbeit zugrunde liegt. Das Haus stellt Requisiten der Bücher, besonders der „Deutschen Chronik" aus, und es ist selbst zu einem Teil der Literatur geworden, durch die Schilderung in dem Roman „Hundstage". Daneben versammelt es bei Seminaren und Dichtertreffen Menschen, und es bewahrt Zeugnisse des Lebens – Tagebücher, Briefe, Memoiren, Fotografien. Durch die Hand des Autors werden sie angerührt und verwandelt wieder hinausgesandt.

Der umbaute Raum als Sinnbild eines literarischen Programms, ja für sich ein Kunstwerk, ist unter den Wohnungen der Schriftsteller einzigartig. Gewiß ist die Verbindung von Leben und Werk die Regel und Uwe Johnsons Büro mit Soenneken-Rollschränken und elektrischer Schreibmaschine eher die Ausnahme. Johann Wilhelm Ludwig Gleims Haus am Dom zu Halberstadt war ein „Freundschaftstempel": Im ausgehenden 18. Jahrhundert korrespondierte er mit mehr als 400 Personen, an den Wänden der Wohnung hingen unzählige Porträts: „Ich will in meinem Kabinett meiner Freunde Bilder um mich her hängen, sie sollen sehen, was ich mache, und die Erinnerung ihrer Tugenden soll meine Lehrerin sein." Goethes Haus am Frauenplan diente vor allem der Repräsentation und der Aufbewahrung umfangreicher Sammlungen. Er benutzte sein Haus „nicht zum Wohlleben, sondern zu möglicher Verbreitung von Kunst und Wissenschaft", wie er an Carl August Herzog von Sachsen-Weimar schrieb. Gearbeitet hat er in dunklen, schlicht möblierten Zimmern im hinteren Teil. Aber eine Anlage als steinerne Entsprechung der künstlerischen Idee?

Das Wohnen und Arbeiten der Schriftsteller überhaupt: Vladimir Nabokov residierte 16 Jahre in einer Suite des Palace-Hotels in Montreux, Thomas Bernhard renovierte alte Bauernhäuser, Tolstoi war, wie Hamsun, Gutsbesitzer, Mörike Pastoratsherr, Ernst Jünger lebte in der Alten Oberförsterei des Stauffenbergschen Schlosses in Wilflingen inmitten von Büchern, exotischen Trophäen und seiner berühmten Käfersammlung, Balzac kaufte in Paris ein großes Haus, um eine polnische Gräfin zu beeindrucken. Proust wollte sein Bett nicht mehr verlassen, Hölderlin dämmerte 36 Jahre in einem Turm. Gerhart Hauptmann ließ sich im schlesischen Agnethendorf eine schloßartige Villa errichten, mit Turm und Schwimmbad, das später als Archiv diente. Am Strand von Hiddensee machte er auf einsamen Spaziergängen Notizen, und nachts kritzelte er Einfälle auf die Tapete neben seinem Bett. William Faulkner hielt die Konzeption einer Story an der Wand seines Arbeitszimmers fest – Bruchstücke, Fundstücke, die an die Wandmalereien in Alberto Giacomettis Pariser Atelier erinnern, Skizzen in enger Beziehung zu den im Raum entstandenen Plastiken.

Anders das Wohnen und Arbeiten der Künstler: Piet Mondrian schuf mit seinen Studios in Paris und New York dreidimensionale Kunstwerke – der Lebens- und Arbeitsraum als Experiment einer künftigen Architektur. Oder Kurt Schwitters' Merzbau in Hannover: eine Assemblage aus objets trouvés, aus Plastiken, Holz und Gips, die sich durch alle Zimmer ausdehnte und mit den Jahren eine Wendeltreppe in den Hof hinunterwuchs – künstlerische Gestaltung einer Wirklichkeit, die der Dadaist zerfallen sah. César Manrique baute sein Atelierhaus in eine Lavawüste und richtete in unterirdischen Vulkanblasen Wohnräume ein. Sein „Gesamtkunstwerk Lanzarote" sollte eine Symbiose von Kunst und

Natur verwirklichen. Johann Michael Bossards Kunststätte in der Lüneburger Heide aus Haus, Garten, Gemälden und Plastiken entstand nach ähnlichen Vorstellungen. Und Heinrich Vogeler öffnete seinen „Barkenhoff" in Worpswede nach der Revolution 1918 politischen Zwecken. Kommune, Schulungsstätte, Kinderheim: die von Rilke beschriebene Synthese aus Leben und Kunst wurde um Weltanschauung und Erziehung erweitert.

Kempowski selbst hat eine besondere Beziehung zur Kunst. Er zeichnet und fotografiert, begleitet die Entstehung eines Buches immer wieder mit Skizzen in seinen Tagebüchern, mit Schautafeln und Modellen. Seine Formel für den Schreibprozeß, das „Erlösen der Bilder ins Wort", handelt von „eidetischen" Phänomenen, von Gedanken-*Bildern* also. In „Bloomsday '97", dem Protokoll eines neunzehnstündigen Zappings durch 37 Fernsehkanäle, übertrug er in Anlehnung an die Ready-mades von Marcel Duchamps oder Andy Warhol Konzepte der modernen Kunst auf die Literatur. Und wie etwa die Maler der Romantik ihre Ateliers darstellten, um ihr Selbstverständnis auszudrücken, so hat Kempowski sein Haus in den „Hundstagen" beschrieben.

Im Arbeitskabinett

Am Hauseingang

Kempowski und Hausbau

Kempowski hat ein ausgeprägtes Interesse an Architektur. In seiner Bibliothek finden sich Titel wie „Architekturmodelle der Renaissance", „Katakomben", „Karl Friedrich Schinkel", „Paläste von Florenz", „Abendländischer Klosterbau". Er besitzt auch eine Sammlung von mehreren tausend Kirchengrundrissen, vom Ulmer Münster bis hin zur Dorfkirche von Juditten im ostpreußischen Ermland. „Man müßte einmal einen Stammbaum der europäischen Kirchen anlegen, die Verwandtschaftsverhältnisse aufzeigen und die Entwicklung über die Jahrhunderte", sagt Kempowski. In seinem Hörspiel „Führungen" hat er aus Gesprächen mit Besuchern von Burgen, Schlössern und Museen ein synthetisches Kulturdenkmal entstehen lassen. In Essays äußerte er sich zu architektonischen Fragen, etwa über „Die Backstein-Riesen im deutschen Norden", die Kirchen von Lübeck, Wismar, Rostock und Stralsund, oder „Über die Sehnsucht nach der eigenen Höhle": „Als Kinder bauten wir uns unter dem Eßtisch mit Decken eine Höhle. Wir beleuchteten sie mit einer Taschenlampe und kuschelten uns zusammen wie junge Hunde, die Wärme genießend und die körperliche Nähe und erschauernd vor eingebildeten Gefahren, die draußen unserer harrten: Erinnerungen an ein frühes Entwicklungsstadium der Menschheit."

Rückblenden: Als Kind wollte Kempowski mit dem Anker Steinbaukasten eine Kirche bauen. Der Grundriß war schnell ausgelegt, Durchmesser 1,20 Meter. Der hinzutretende Vater wunderte sich: so ein gewaltiges Gebäude, aber nicht genügend Steine? Ein großer Plan, doch am Material mangelte es. Dem Schriftsteller ist heute beides gegeben. In der Brieftasche des Vaters, der Ende April 1945 auf der Frischen Nehrung fiel, fand Kempowski eine kleine Skizze, ein Haus, das jener sich später hatte bauen wollen. Die Reedersfamilie wohnte in einer Etagenwohnung. Der Großvater hatte durch kontinuierliches Nichtbeachten von Rechnungen Schulden angehäuft, so daß die Villa in der Rostocker Stephanstraße vermietet werden mußte.

Im Zuchthaus Bautzen entstand aus der Erfahrung von Verlust – der Heimat, der Familie durch Krieg und Nachkrieg – die Vorstellung späterer Behausung: ein U-förmiges Gebäude, ein Bibliotheksgang als Verbindung. Dann dachte Kempowski an zwei langgestreckte Häuser, für sich und seinen Bruder Robert, als „H". „H" wie „Haus", *das läg doch auf der Hand.* Im Oktober 1950 schrieb Kempowski auf Saal 3 das Gedicht:

Nächtlich durch die großen
Hallen sinnend schreiten
Kühlen Marmor an den bloßen
Füßen und befreiten Atem auszustoßen
Und empfinden Dankbarkeiten
Daß in dieser urteilslosen
Welt dich immer noch begleiten
Zartempfindende Mimosen

 In der Insellage erwuchs die Lebensperspektive: das Dasein als Dorflehrer. Nicht an das Herrenhaus eines adeligen Klassenkameraden dachte er, sondern an die gemütliche Jagdhütte in Kritzmow, die der Vater eines Freundes besaß, ein Bankdirektor, in dunklem Holz getäfelt, vor allem aber an das behagliche Lehrerhaus in Bad Sülze, in dem er einmal als Kind die Ferien verlebt hatte. Brot wurde hier im gefliesten Ofen gebacken, nebenan lag der Klassenraum, und hinter dem Haus floß die schwarze Recknitz. In dem Roman „Heile Welt" ist eine solche Lehrerexistenz beschrieben, geborgen auf dem Land in den Stürmen der Zeit, und ähnliches ist auch in den Miniaturen „Weltschmerz. Kinderszenen fast zu ernst" ausgedrückt: das kleine grüne Sommerhaus auf der Steilküste von „Heiligensee", in dem zwei Damen Karten spielen.
 Kempowski notierte 1974 beim Einzug in das neue Haus: „Großartig, wenn man an meine Anfänge denkt: 1956 oder

1948! Zeiten absoluter Besitzlosigkeit. Persönlicher Besitz war einzig der Brief, den man kriegte und eine Woche später abgeben mußte."

Wenige Tage nach der Entlassung aus Bautzen begann er mit den Arbeiten, die sich im Laufe der Jahre zur neunbändigen „Deutschen Chronik" fügten. Und während der Göttinger Studienzeit faßte er einen bedeutsamen Entschluß. Dem Architekturstudenten Christian Krauss, dem Verlobten einer Kommilitonin, schlug er 1958 vor: „Wir bauen mal ein Haus zusammen." Krauss hat damals nur gelacht, aber 14 Jahre später dann doch mit Haus Kreienhoop Kempowskis Vorstellungen in die Tat umgesetzt.

Teestunde im Turm

Das Archiv für unpublizierte Autobiographien

„Die lieben Toten"

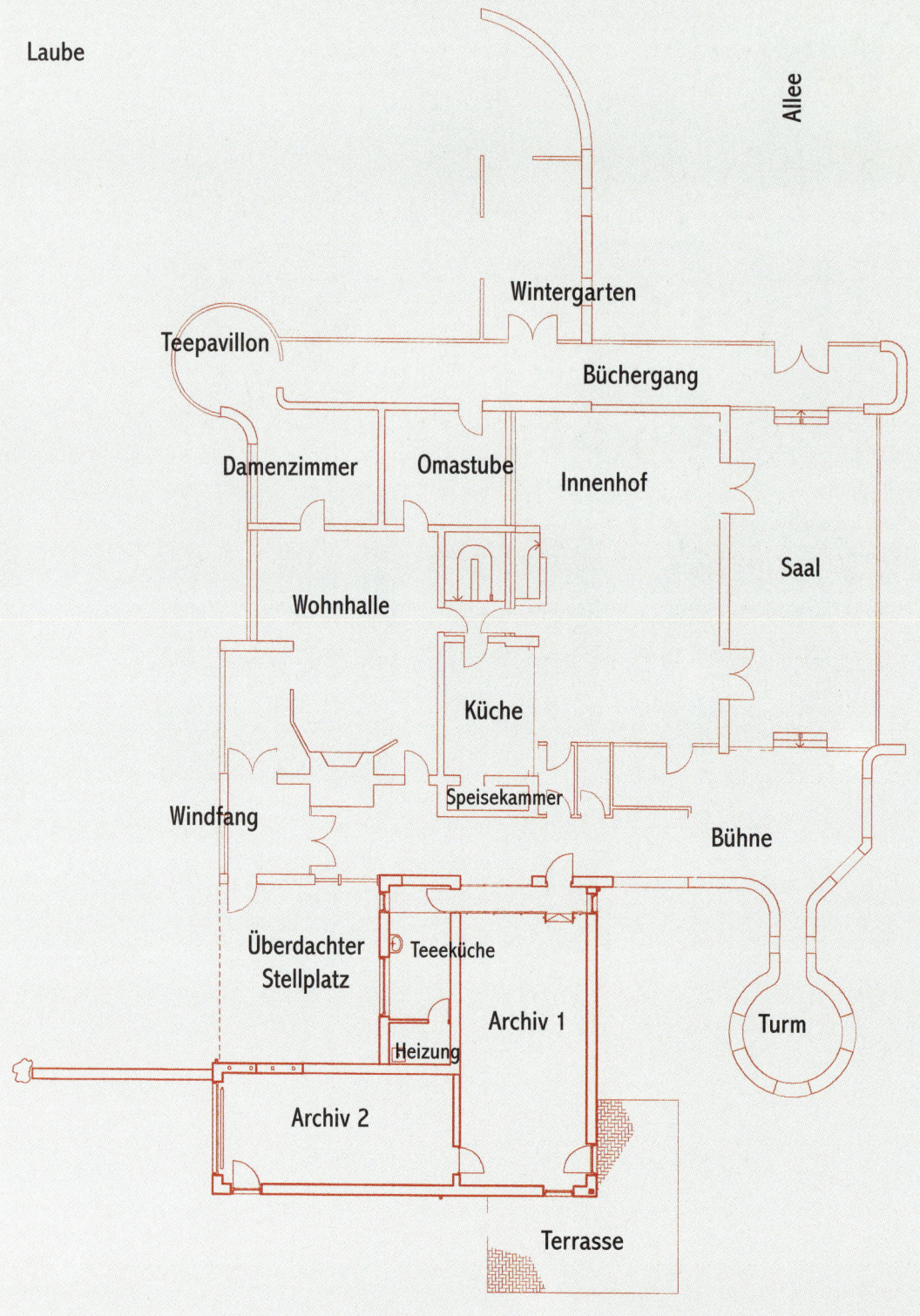

Beschreibung Haus Kreienhoop

Bald nach dem fulminanten Erfolg von „Tadellöser & Wolff" (1971) begann Kempowski mit Planungen für den Bau eines Hauses. Er wohnte zu dieser Zeit mit seiner Familie in der Nartumer Schule, „mit Herdheizung und mit Johannisbeeren im Garten, mit Hühnern vorm Zaun und entzückten, nichtsdestoweniger frierenden Gästen; mit wollener Unterwäsche (im Winter) also und lästigen Fliegen (im Sommer)". Ein Grundstück wurde gekauft, am nördlichen Rand des Dorfes, ein Acker. Heute erinnert nichts mehr daran, der Garten, Allee, Bäume, eine Tannenschonung sind üppig gewachsen. „Mit meinem Architekten war ich darin einig, daß ein Haus auf Zuwachs zu bauen wäre, da ich nicht wußte, wieviel Geld ich zur Verfügung haben würde. Ich konnte nicht wissen, ob die Leser mir treu bleiben würden, ob sich also die Einnahmen steigern würden, oder ob sie versickerten." Im Laufe des nächsten Jahres wurden die Arbeiten in die Wege geleitet. Kempowski hoffte, schon bald einziehen zu können. Aber dann hätte Getreide untergepflügt werden müssen, Aberglaube sprach dagegen. So wurde die Grube erst im August 1973 ausgehoben, im September die Sohle geschüttet. Der Bau schritt zügig voran. Kempowski, der in dieser Zeit neben den täglichen Pflichten des Lehrers den Haftbericht „Im Block" zum Roman „Ein Kapitel für sich" umarbeitete, sah oft nach dem rechten. „Das geht ja flink!" ruft er einmal den Zimmerleuten zu, die die Dachpappe aufnageln. „So, meinen Sie?" wird ihm zurückhaltend geantwortet. Das Haus erscheint ihm bald wie ein Schloß, der Hausbau wie eine jahrelange Weihnachtsbescherung. Dann kommt es zwischen Architekt und Handwerkern zum Streit. Die arbeiteten nicht, die söffen immer bloß, wird behauptet. Im Dorf diskutiert man den Teepavillon. „Teeschuppen" nennt ihn ein Zimmermann. Schon jetzt denkt Kempowski daran, beständig weiterzubauen. Auch eine Allee plant er, angeregt durch Blechens Gemälde der Villa d'Este und durch eine Anlage in Sanspareil bei Bayreuth. Sein Bruder meint dazu lakonisch: Da führen sie beide dann später in ihren Rollstühlen auf und ab. Der Verleger, Dr. Hanser, fragt schon mal an, ob er denn auch zur Einweihung geladen werde, und am 30. Juli 1974 ist das Haus fertig. Im August zieht man um, und die Reinemachefrau gibt Ratschläge für die Gästeliste. Am 27. August notiert Kempowski über die Reaktionen der Besucher: „Leute, die das Haus wundervoll finden. Leute, die sagen: Herrlich, und ganz besonders das und das. Leute, die sagen: Herrlich, aber in der Küche fehlt eine Uhr. Leute, die sagen: Ja, aber ihr habt ja gar keine Garage. ‚Das Haus ist nach oben akustisch offen'."

Im ersten Bauabschnitt entstand das zweigeschossige Gebäude mit tief heruntergezogenem Spitzdach und waagerecht verbrettertem Giebel. Die große Halle diente als gemeinsamer Aufenthaltsraum der Familie, als Zitat urmenschlichen Zusammenlebens. Daran schließen sich die Küche und zwei Wohnzimmer an (heute „Damenzimmer" und „Omastube"), die durch einen flachen Holzvorbau miteinander verbunden wurden, die Bibliothek. Kempowski erinnert sich: „Auf den Gedanken, dem Steinhaus einen laubenartigen Holzvorbau zuzugesellen, kam ich durch das Ostseebad Warnemünde: Hier vergrößern die Bewohner im Sommer ihre Häuser auf das billigste durch Veranden, um mehr Wohnfläche zum Vermieten zu haben." Den Teepavillon, der an der äußeren Ecke des „Damenzimmers" herausragt, ließ Kempowski seiner Frau als „Sonnenauffangbecken" bauen. In den oberen Stockwerken befinden sich die Räume der Familie. Hier ist die Anfangsszene von Eberhard Fechners „Tadellöser & Wolff"-Verfilmung gedreht worden. Mittlerweile hat Kempowski dort neben Fremdenzimmern für Archivbenutzer und Gäste des Hauses auch sein kleines Kabinett – ein Haus im Haus mit Arbeitsgerät, Schlafraum und Toilette – das „Gehirn" der Anlage, von dem aus alles unter Kontrolle gehalten wird.

1976 wurde vom Büchergang aus eine verglaste Veranda als Sommerwohnraum in den Garten hinausgebaut. Drei Jahre später entstand in einem weiteren Bauabschnitt das hintere Haus, ein Flachdachbau aus Holz und Glas. Das Gebäude entwickelte sich zu einer Mischung aus Niedersachsenhaus und modernem Bungalow. Vom Wohntrakt aus schieben sich zwei Gänge wie Fühler zum zweiten Haus vor, wodurch ein Innenhof gebildet wird. Kempowskis Tagebuch vom Mai 1979: „Der Innenhof ist von allen Seiten zu betreten. Alles vielen Zwecken vorbehalten. Die Frau schlägt die Sahne, der Sohn liest, die Tochter zeichnet. Hier sollten Blumen an den Wänden ranken oder bunter Wein oder Efeu." Der Bungalow besteht im wesentlichen aus einem langgestreckten Saal. Eine Fensterfront gibt die „Arno-Schmidt-Aussicht" auf norddeutsche Wiesen frei, Baumreihen, Birken, Kiefern. Jemand hat sie einmal als „trostlos" bezeichnet, Kempowski nennt die Landschaft sein „Klein-Rußland".

1983 kam östlich des Saals der fünf Meter hohe Turm hinzu, als männliches Gegenstück diagonal zum Teepavillon. Er ist rund gemauert und nach oben verjüngt. Die Glaskuppel in der Decke ist eine Reminiszenz an die Rostocker Zeiten, das Oberfenster im Treppenhaus der Alexandrinenstraße. Im Jahr 2000 schließlich wurden an der Ostseite großzügige, vom Rotenburger Architekturbüro Werner Behrens entworfene Räume gebaut, in die das Archiv für unpublizierte Autobiographien sowie eine umfangreiche Sammlung von Alltagsfotografien einzog.

Um dem Haus mit seinen Anbauten aus verschiedenen Phasen ein einheitliches Gepräge zu geben, ist das Prinzip von Druck und Zug angewendet. Kempowski achtete darauf, daß schmale Durchgänge mit weiten Räumen abwechseln, daß Türen den Blick auf „Augpunkte", Perspektiven freigeben – Gemälde, Plastiken, Aussichten – , die den Besucher von einem Zimmer ins nächste locken.

Das Haus ist über die Jahre gewachsen wie das Werk des Autors. Es verfügt heute über eine Wohn- und Arbeitsfläche von gut 700 Quadratmetern, das weitläufige Grundstück, durch Landkauf sukzessive vergrößert, hat eine Ausdehnung von mehr als 3000 Quadratmetern. Im Garten, der unter der Obhut von Hildegard Kempowski gedeiht, wird die Wohnung in die Außenwelt erweitert. Die Anlage ist eine Kombination aus englischem Landschaftspark, der Natur in freier Gestaltung nachahmt, und Elementen der geometrischen, barocken Gartenkunst. Von der Straße aus ist die Sicht auf das Haus durch eine Ansammlung von Büschen und Bäumen verdeckt, darunter eine alte Eiche und die mittlerweile mächtige „Hanserlinde", ein Geschenk des damaligen Verlegers. Eine halbkreisförmige Auffahrt führt über einen kiesbestreuten Platz. Hier stehen zwei Rotdornbäume, eine ortsübliche Gepflogenheit aus den zwanziger Jahren, aber auch Erinnerung an die Bepflanzung des Gefängnishofs in Bautzen. Neben dem Archivbau befindet sich – wie in den

Anlagen des Barocks vom eigentlichen Park getrennt – ein Nutzgarten, mit Hühnerstall und „Obsthof": Apfel-, Birn- und Pflaumenbäume, Quitten, Stachelbeer- und Johannisbeersträucher.

Bestimmendes Element des Gartens ist die 150 Meter lange Allee, von Ebereschen gesäumt, die im Sommer rote Beeren tragen. Vom Vorplatz aus erreicht man sie zwischen Rhododendron und Buchsbaum über einen schmalen Weg, der um den Teepavillon herum zur überdachten Terrasse an der Glasveranda führt. Ein steinerner Brunnen – unverzichtbares Element der barocken Gartenkunst – dient hier den Vögeln unter Haselnußsträuchern als Tränke. Wie in englischen Gärten ist eine landwirtschaftliche Nutzfläche, eine Schafweide, zwischen Bäumen in die Anlage integriert. Von einer hölzernen Laube aus hat man das Haus im Blick. Hinter der Veranda liegt eine zweite Terrasse, gepflastert und von gestutztem, symmetrisch angeordnetem Kugelahorn bestanden, eine Art Hof am Eingang zum Saal.

Eine breit ausladende Hainbuche markiert hier den Beginn der Allee. Sie ist Teil eines Parcours, der am Rand des Grundstücks herumführt und neben der Schafweide auch ein regelrechtes Boskett, ein Mischwäldchen, einschließt. Ein Gang zwischen Weide und Wald verbindet die Außenwege, so daß ein symmetrisches Wegesystem in Form einer Acht entstanden ist. Wer Glück hat, kann hier den Dichter gelegentlich beim Spazierengehen beobachten.

Das Grundstück ist üppig bepflanzt mit Goldregen, Jasmin, Ginster, auch Pappeln, Flieder, Spitzahorn. Nur die Malven der „Hundstage" findet man hier nicht. Am Haus liegen von Buchsbaumhecken eingefaßte Parterres, Blumenrabatten. Der Park ist mit Skulpturen ausgestattet, menschlichen Gestalten in Holz und Stein sowie Figuren aus der griechischen Mythologie, die aus dem abgebrochenen Fassadenschmuck eines Kaufhauses stammen. An der Allee ist der Grabstein des Großvaters Robert Kempowski aufgestellt sowie als Herme der Bronzekopf des Komponisten Berthold Goldschmidt, dem sich Kempowski in seinem Schaffen besonders verbunden weiß.

Spaziergang mit Frau Hildegard und Hund Paul in der Allee

Betrachtung

Ich lebe mein Leben in wachsenden Ringen,
die sich über die Dinge ziehn.
Ich werde den letzten vielleicht nicht vollbringen,
aber versuchen will ich ihn.
Rainer Maria Rilke, Das Buch vom mönchischen Leben

Haus Kreienhoop – ein weltliches Kloster

Das Haus dient dem Wohnen, dem Arbeiten. In seiner Anlage und Ausstattung aber symbolisiert es Kempowskis schriftstellerisches Programm. Es ist ein Teil seines Werkes. Wenn man vom Eingang in die Halle tritt, fällt der Blick als erstes auf den gewaltigen flandrischen Messingleuchter. Ein Bauernschrank verwahrt von Kempowski gebaute Puppenstuben, auch die eines Junggesellen. Hier haben auch die Hunde, zwei Welsh Corgies, ihre Ecken. Die Halle ist heute der Bereich von Kempowskis Frau Hildegard, von hier werden Terminplanung, Korrespondenz und Haushalt organisiert. Durch das Damenzimmer gelangt man in den achteckigen Teepavillon. Wenn man den Rundumblick in den Garten ausgiebig genossen hat und dann durch die schmale Tür mit kleinem Buntglasfenster tritt, steht man unversehens in dem 22 Meter langen, verandaartigen Holzvorbau mit Flachdach. Auf der rechten Seite Bücherregale bis unter die Decke, links eine durchgehende Fensterfront: die Bibliothek von Haus Kreienhoop und der Beginn eines Kreuzgangs, der das Wohnhaus umschließt. „Da ich Nartum immer als Refugium, als Rückzugsort betrachtete, auch als freiwilliges Gefängnis, hatte ich beim Bau des Hauses immer die mittelalterliche Klosterarchitektur vor Augen", erzählt Kempowski, „das hat mich immer inspiriert. Überall wo ich hinkomme, sehe ich mir die Kirchen und Klöster an, Magdeburg, Rostock, Wienhausen ..."

Der Gang, der mehr als 10 000 Bücher faßt, erweitert sich an seinem Ende im rechten Winkel zum Wohn- und Veranstaltungsraum, dem integrierten, in Zirkusfarben gehaltenen „Kapitelsaal". Hier befindet sich die Sammlung historischer Lexika in langen Reihen, hier steht auch der Flügel, auf dem Kempowski meistens Bach-Choräle spielt und immer mal wieder etwas Jazz aus den Zeiten der RSBB, der Rostocker Swing Band Boys. Eine Spiegelwand fängt die Landschaft ein und verdoppelt die Raumwirkung. Drei Stufen höher gelegen schließt sich eine Bühne an, mit langgestreckter Arbeitsplatte vor schießschartenartigen Fenstern, hinter denen schwarzbunte Kühe auf der Wiese grasen. Dann folgt die Fernsehecke mit Ledersofas. Im Fenster stehen farbige Vasen, Schalen und Aschenbecher aus Glas, auf Flohmärkten und bei Trödlern zusammengekauft. Dahinter beginnt der Archivgang mit Fortsetzung der Bibliothek, einem Arbeitsplatz und Zugang zum neuen Anbau. Eine Kugelbahn, an langen Winterabenden gebaut, dient zur Beschäftigung von Kindern. Ob sie nicht mal die Zeit stoppen wollen, die eine Kugel braucht, bis sie durchs Ziel geht, trägt Kempowski ihnen auf. In einer Vitrine wohlverwahrt steht das Papiermodell der Vaterstadt, die Rekonstruktion der im englischen Bombenhagel zerstörten Rostocker Kirchen und Patrizierhäuser.

Einmal herumgegangen erreicht man durch eine Schlupftür wieder die Halle. Sie stellt im vorderen Haus als Gegenstück zum „Kapitelsaal" die Verbindung zum Büchergang her. So kann Kempowski wie im Garten seine Runden drehen. Die Gänge umschließen den glasüberdachten Innenhof. Den Klöstern ähnlich befindet sich hier ein Brunnen, die Arbeit eines italienischen Steinmetzes in Form eines Löwenkopfes. An sonnigen Märztagen wird im Hof schon Kaffee getrunken, und im September hängen schwere Weintrauben aus dem Gebälk herab.

Eine Angewohnheit aus der Zeit in Bautzen erforderte einen langen Gang, der genug Platz bot, sich ständig Bewegung zu verschaffen: „In der Zelle läuft man wie ein Tiger immer hin und her, weil man unbewußt glaubt, man könne mit jedem Schritt die Zeit verkürzen. Das ist mir schließlich zur zweiten Natur geworden. Schon im Zuchthaus habe ich mir überlegt, daß man ein Haus bauen müßte, das dieses Hin- und Herlaufen ermöglicht. Ich bin aus diesem Grunde zu dem Entwurf eines Vierecks mit einer Art Kreuzgang gekommen."

Das Quadrum der mittelalterlichen Klausuranlage, zum Klosterhof in Arkaden geöffnete Gewölbegänge, ist antiken Ursprungs. Es stellt nach der Kirche den wichtigsten Teil des Klosters dar, als Verbindungsgang der Räume untereinander, aber auch als Aufenthaltsort der Mönche zu geistlichen Übungen, zu innerer Sammlung: zur lectio der heiligen Schriften, zur oratio, stillen, privaten Gebeten, und zur meditatio. Toten- und Heiligenandachten werden hier abgehalten und Fußwaschungen. An Festtagen durchzieht es der Konvent vor dem Hochamt in feierlicher Prozession, bei der das Kreuz vorangetragen wird. Der Kreuzgang ist Wege- und Aufenthaltsarchitektur, dient dem Voranschreiten und dem Verweilen, repräsentiert vita activa und vita sacra, ist also auch Sinnbild für den Weg des Mönchs zu Gott und für den Zustand der Gottesnähe.

Klosterarchitektur ist symbolische Architektur. Das hat sich Kempowski in der Anlage von Haus Kreienhoop zu eigen gemacht, allerdings nicht in strenger Nachahmung des historischen Vorbilds, sondern in freier Übertragung ins Weltliche. So liegt der Kreuzgang nicht im Inneren der Anlage, sondern ist um das eigentliche Wohnhaus herumgebaut. Armarium, die Büchersammlung als geistliche Rüstkammer, Skriptorium, die Bühne zum Schreiben, und Kapitelsaal sind nicht eigenständige Räume, sondern Teil des Quadrums. In den Anlagen der Zisterzienser, die für Jahrhunderte das Idealbild des Klosters schufen, vermittelte Gestaltung immer auch transzendentale Bedeutung. In Haus Kreienhoop ist das aufgenommen. Gegenstände, Gemälde und Plastiken sind auf den ideellen Charakter der Anlage bezogen. So ist das Haus erst einmal ein Museum für literarische Requisiten, Dinge, die in Kempowskis Romanen eine Rolle spielen: die Modelle des „Consul Hintz" und der „Clara Hintz" unter Glas, die Schiffe der Rostocker Reederei Otto Wiggers, Inh. Kempowski also, Puppenstuben, Spielzeugautos aus Blech, Eisenbahnwaggons und Lineolsoldaten, Zinnfiguren, auch die bunten Glassachen, die während der Arbeit an dem Roman „Herzlich Willkommen" zur Anschauung dienten. In diesen Gegenständen versammelt das Haus literarische Realien. Daneben ist es – bei aller dichterischen Freiheit – selbst wieder zu Literatur geworden, in dem Roman „Hundstage": die Glöckchen, die im Bücher- und im Archivgang von der Decke hängen, damit sich Besucher schon von weitem ankündigen können, wie Alexander Sowtschick es den Mädchen zur Auflage macht, außerdem die Fernseh-, die „Lotterecke", in der sich Sowtschick Nacht für Nacht der Bilderflut hingibt, dann der Flügel, auf dem er angeblich jeden Tag drei oder fünf Stunden übt, wie den Journalisten gern erzählt wird, der sprechende Brunnen im Innenhof, der delphische Orakel vor sich hinflüstert, die großen Truhen, die Sowtschick, aber auch Matthias Jänicke in „Heile Welt" den Bauern für wenig Geld abnehmen. Nur den Schwimmgang sucht man vergebens, auch die dazugehörige „Kanalschwimmerin" gibt es hier nicht. Von Kempowski als unverzichtbar geplant, dann vom Architekten wegen der Ölkrise verworfen, ist er überhaupt erst im Roman erschrieben worden. In der Dichtung wurde nachgeholt, was in der Realität verwehrt blieb.

Museum, auch Vorlage für literarische Gestaltung, das ist die eine Seite von Haus Kreienhoop, die andere ist in der Bedeutung von Plastiken und Gemälden zu suchen. Zuerst die Ritterburgen im Saal, noch auf den Hausherrn selbst bezogen: Sie stehen für die freiwillige Einkapselung, für den Festungscharakter des Hauses, die Fluchtburg. Er würde sich am liebsten in seinem Haus einschließen, wie Proust es tat, in ein luxuriöses Gefängnis, sagt Kempowski. Dann, dem Kreuzgang folgend, das Menschenthema des Pädagogen und Schriftstellers: Die alten Porzellanfiguren im Pavillon, von Schülern geschnitzte, archaisch anmutende Köpfe im Büchergang (wie in einer kleinen Glyptothek), im Saal die grotesken Masken aus Mexiko, die vielleicht in besonderer Weise der Kempowskischen Sicht der Welt entsprechen, auf der Bühne Krakauer Holzfiguren, das Naiv-Fromme des Menschen herausstellend, das auch Kempowski in seiner Lebenseinstellung nicht fremd ist, dann in der „Lotterecke" das Gegensatzpaar zweier Gemälde, Demonstranten in Altona werden von der Polizei niedergeknüppelt („Polizeisportfest 1968") und ein freundliches englisches Hochzeitspaar – Krieg und Frieden abbildend als zutiefst dem Menschen innewohnende Wesenheiten. Anfang und Ende des Rundgangs bilden ein Gemälde des Kirchenmalers Rudolf Schäfer, die Darstellung des Herrn im Tempel, und das Porträt eines drogensüchtigen Jünglings. Mit der Glaubensgewißheit des Simeon, der im Tempel das Jesuskind haltend ausrief, „Herr, nun lässest du deinen Diener im Frieden fahren, wie du gesagt hast; denn meine Augen haben deinen Heiland gesehen", hat alles begonnen, so aber endet es dann eben auch: Jahre des Lebens, alles vergeben. Im Archivanbau ist eine Sammlung von Scherenschnitten ausgestellt, dazu unterschiedliche Porträts in Öl, ein stolzer preußischer Leutnant des Ersten Weltkriegs, ein französischer Kriegsgefangener, ein Mädchen mit Zöpfen, ein blasses Kindergesicht…

„Das Haus ist nicht modern, es weist nur einige moderne Accessoirs auf, und doch ist es zeitgemäß, weil es ganz meiner Arbeit und meinem Denken entspricht. Es ist wie eine Schädeldecke", sagt Kempowski, und: „Das Zentrum bin ich selbst, aber wo liegt das Zentrum in mir? – Es heißt Schuld und ist nicht darstellbar. So ist das Haus eine Fluchtburg, Gefängnis und Festung zugleich, die mir verhilft, das Sühnewerk zu vollenden." Dieser Versuch der Wiedergutmachung besteht vor allem in der „Deutschen Chronik", die mit Romanen wie „Tadellöser & Wolff" und Befragungsbänden wie „Haben Sie

Hitler gesehen?" persönliche Schuld des Autors an der Zerstörung der Familie durch die Rekonstruktion in der Literatur abzutragen und kollektives Versagen in Aussagen Unbekannter darzustellen versucht. Es wurde fortgesetzt mit dem „Echolot", der vielbändigen Tagebuchcollage aus den Kriegsjahren 1943 und 1945, ein objektivierendes Pendant zur „Chronik". Als Zielpunkt von Kempowskis Streben nach Abbitte und Abbildung ist das „Ortslinien"-Projekt gedacht, ein gigantisches kollektives, multimedial inszeniertes Tagebuch der Jahre 1850 bis 1999, dessen Vollendung vielleicht nie zu erreichen sein wird. Seine Tätigkeit in der Landeinsamkeit, im paradisus claustralis, ist dabei weder weltfremd noch menschenfeindlich. Seine Arbeit beschreibt Kempowski als religiös bestimmt: „Ich halte in Ordnung (für ihn) und brauche daher die Weltoffenheit." So ist die Anlage des Hauses eigentlich die Umkehrung des Kreuzganggedankens. Die Welt ist nicht ausgeschlossen. Kempowski: „Alle Fenster sind nach außen gewandt, wodurch das Klösterlich-Eingekehrte in ein Fliehendes verwandelt oder umgekehrt wird."

Deshalb hat Kempowski immer Menschen in sein Haus geholt. Die Vorstellung einer privaten Grundschule, ein Landschulheim im Sinne der Reformpädagogik war eine Motivation Kempowskis für den Bau. Leben und Lernen sollten in Haus Kreienhoop verbunden sein – eine Vorstellung, die sich wegen schulpolitischer Widrigkeiten nicht realisieren ließ.

Statt dessen finden im Saal regelmäßig Veranstaltungen statt, Hauskonzerte, Hospitationen, Besuche ausländischer Stipendiatengruppen, von Studenten und Volkshochschulkursen. Viele Jahre wurden Schriftstellertreffen abgehalten, bei denen arrivierte Autoren vielversprechende junge Kollegen präsentierten, vom Fernsehen einer breiten Öffentlichkeit vermittelt. Kempowski hat immer als phantastisches Fernziel an eine Art klösterliche Kommune gedacht, im Haus, um das Archiv unpublizierter Autobiographien herum: „Exerzitium wäre die Beschäftigung mit der individuellen Vergangenheit unserer Landsleute. Meditative Versenkung in die Vergangenheit. Hierbei fiele die Rolle des anregenden Patriarchen an mich. Eine gewisse heitere Strenge, durch geistige Vorarbeit autorisiert." Mit den Literaturseminaren hat er es ansatzweise verwirklicht. Peter Rühmkorf bezeichnete „das Kreienhoop-Projekt als musische Pflanzstätte u. zielstrebig auf das eigene Werk bezogenes Privatmuseum". Im Saal finden tagsüber Lehrbetrieb und Diskussionen statt, abends dann Lesungen bekannter Schriftsteller. Siegfried Lenz, Martin Walser, Günter Kunert, Lew Kopelew, Erich Fried, Ernst von Salomon, Pavel Kohout, Ralph Giordano, Gabriele Wohmann, Ulla Hahn, Sara Kirsch, Horst Bienek, Eva Demski, Paul Kersten sowie Klaus Modick, Gerhard Henschel, Max Goldt, Falko Hennig ... – alle waren sie in Haus Kreienhoop zu Gast, die Liste ist lang. Sie repräsentiert vergangene und zeitgenössische

Literatur. Namensschilder am Rand eines mächtigen Eichentisches künden davon.

Der Dichter führt ein breites Publikum an seine Tätigkeit heran, macht mit Autoren bekannt, und die Besucher gehen bereichert wieder hinaus aus diesem „öffentlichen Kloster", wie eine Seminarteilnehmerin es einmal ausdrückte. Kempowski sagt über den Zusammenhang von Haus, Klosteridee und Seminaren: „Die Neigung, das Anderssein in dieser Gesellschaft ihr selbst wieder dienstbar zu machen, die Selbstverwirklichung dazu zu benutzen, die Umwelt zu befruchten, hat mich bei meinem Bauvorhaben geleitet." Neben den großen Seminaren und Schriftstellertreffen hat Kempowski auch immer wieder kleinere Gruppen in sein Haus gebeten. Bei Hospitationen, die sich zumeist über ein Wochenende erstreckten, konnten Literaturinteressierte in enger Zusammenarbeit mit dem Autor an eigenen Texten feilen, Ratschläge entgegennehmen. Auch Schülern hat Kempowski sein Haus geöffnet, in den sogenannten Sommerclubs. Einige Tage lang lebten sie in seinem Haus, getreu seiner pädagogischen Leitlinie in völliger Freiheit. Eine Teilnehmerin erinnert sich: „Wir konnten tun und lassen, was wir wollten. Es war eine herrliche Zeit. Wir streiften mit dem Pony Lumo durch Wald und Felder, holten in Blechkannen Milch vom Bauern, bastelten an der Kugelbahn, machten mit gesalzenem Popcorn und Marmorkuchen aus der Speisekammer ein Mitternachtspicknick – es war niemals langweilig! Geschlafen haben wir auf Luftmatratzen im Archiv. Wenn W.K. zum Gute-Nacht-Sagen noch einmal hereinkam, testete er manchmal unsere Erinnerung mit Fragen wie ‚Wieviele Schiffe hängen im Turm?' "

Studenten waren und sind zu Gast, auch amerikanische Stipendiaten, die ihren Deutschland-Aufenthalt traditionell in Bremen beginnen und sofort einen leibhaftigen deutschen Autor präsentiert bekommen. Selbst Volkshochschulkurse hatten Haus Kreienhoop schon zum Ziel. Kempowski notiert: „3 Tage lang 22 Volkshochschulleute. Ich zeigte das Haus, so als sei der Dichter, der hier mal gewohnt hat, längst gestorben. Ein Kanon von Erwähnungen. Den Schluß bildet immer das Archiv. Sie denken schon: Das war's, und dann kommt es ‚dicke'. Ich schließe die Führung jedes Mal mit dem Aufruf, mir Tagebücher und Briefe zu besorgen."

Zur Aufbewahrung dieser einzigartigen Quellen dient seit Oktober 2000 der Anbau, der als nach innen gewendetes Gegenstück der in den Garten hinausgebauten Veranda zu sehen ist. Wenn diese dem individuellen Ruhebedürfnis dient, der Kontemplation, auch dem Zwiegespräch, so eröffnen die Archive den Zugang zu dem, was Kempowski im „Echolot" als „die Stimmen, die in der Stratosphäre stehen" bezeichnet hat, zum babylonischen Chor der Menschheit.

Der Anbau bildet ein zweites Quadrum. Wie in manchen Klöstern ein zusätzlicher Kreuzgang die Räume der Schreibermönche nebst Bibliothek aufnahm, befindet sich hier das 1980 gegründete Archiv unpublizierter Autobiographien und das Archiv der Alltagsfotografien sowie Arbeits- und Benutzerräume. Die Aufzeichnungen stammen zumeist von Unbekannten, erlebte Geschichte in Geschichten: „Tagebuch an Bord des Kieler Barkschiffes ‚Wilhelm I.' " (1880), „Der Russeneinfall 1914", „Meine Reise nach Brasilien" (1925), „Tagebuch einer jungen Lehrerin" (1933), „Bericht einer Kriegsgefangenschaft 1945" ... – Kein anderes deutsches Archiv verfügt über eine solche Fülle unterschiedlicher personaler Dokumente. Sie reichen vom 18. Jahrhundert bis in die unmittelbare Gegenwart (6300 Positionen im Jahr 2001) – Quellen zur Sozialgeschichte, zur Biographieforschung und Oral History, die Wissenschaftlern zur Verfügung stehen. Zusätzlich dokumentieren 300000 Fotografien Alltagsgeschichte des 19. und 20. Jahrhunderts. Die Einsender verstehen das Archiv zumeist als einen Ort, an dem die eigenen Aufzeichnungen oder die der Vorfahren, ihre Erlebnisse und ihre Erfahrungen in den Zeitläuften überdauern werden. Haus Kreienhoop ist ihnen eine Heimat geworden.

Wie im mittelalterlichen Kloster verkörpern auch die Kreuzgänge von Haus Kreienhoop eine Lebensform. Kempowski, der nur noch selten sein Haus verläßt, ist der Mönch in seinem modernen Klaustrum, das ein Leben nach der Regel verlangt, das ordo und Ordnung nur zusammendenken läßt. Wie Benedikt von Nursia das ora et labora über die reine Askese stellte, ist für Kempowski die Arbeit am „Menschenwerk" Bedingung der Existenz und Lebensregel, ist Inhalt und Form zugleich. Die Form der Anlage ist Zitat religiöser Geistigkeit, ihr Inhalt ist die moderne, säkularisierte Umsetzung: Büchergang und Archive enthalten Voraussetzung und Ergebnis schriftstellerischer Arbeit, der verbindende „Kapitelsaal" dient den Seminaren, dem Lehren und Lernen um Literatur herum. Auch Kempowskis Kreuzgang führt zu einer Art Kapelle, dem fensterlosen Turm, wohl das Eigentümlichste an Haus Kreienhoop und das geheime Zentrum. Jahrelang war er ausgestattet mit Erinnerungsstücken aus Rostock, der verlorenen Heimat, Stiche, Zeichnungen, Schiffsmodelle, in einer Nische ein Abguß der Trinkenden, eine Plastik des Brunnens am Rosengarten. Nachdem die Vaterstadt durch die deutsche Einheit wieder in die Nähe gerückt ist, wurde der Turm umgestaltet. Nur eine Granitplatte in der Mitte des Fußbodens, unter der sich eine Flasche mit Rostocker Erde befindet, und in die Wand eingelassene Ziegelsteine der Marienkirche, St. Nicolai und der Stadtmauer erinnern noch an die einstige Funktion des Raumes.

Die pädagogische Leitlinie und der Schuldkomplex sind hier zusammengezogen. Die fallende Linie abendländischer Kultur will Kempowski in seinem Werk wie in seinem Haus „nur zeigen" (Walter Benjamin). In diesem Sinne ist die Kugelbahn des Archivgangs ebenso Symbol des Lebens wie die Allee, die vom Röhrberg herab auf das Haus zuführt. Von Beginn an geht es abwärts, und die Kugel rollt nur kurze Zeit. Im Turm läuft sie aus, hier wird sie aufgefangen. Und Kempowski ist der Sisyphus, der sie immer wieder den Abhang hinaufrollt, der mit seinem Schreiben und mit seinem pädagogischen Bemühen in die Öffentlichkeit hinauswirkt und -wirkt, unausgesetzt. Deshalb sind im Turm ausgewählte Schicksale in Tagebüchern und Fotoalben aufgehoben, deshalb steht jetzt in der Nische eine Tonfigur, der „Dilldapp", wie Kempowski sagt, in einem Heim für geistig Behinderte gefertigt, die wichtigste Figur des Hauses, das Abbild der gequälten Menschheit, von Wunden und Narben entstellt.

Haus Kreienhoop ist literarisches Museum, Porträtgalerie, Archiv für Biographien, Stein gewordene, das Werk umfassende Idee. Bei Seminaren und Schriftstellertreffen wird es Besuchern geöffnet. Das moderne Kloster ist ein Haus geworden für die Lebenden und für die Toten. Was der Archivar im Klaustrum bewahrt, gibt der Autor der Welt zurück, in verwandelter Form, die Fortsetzung des „Menschenwerks" über den „letzten Ring" hinaus.

41. Literaturseminar März 2000

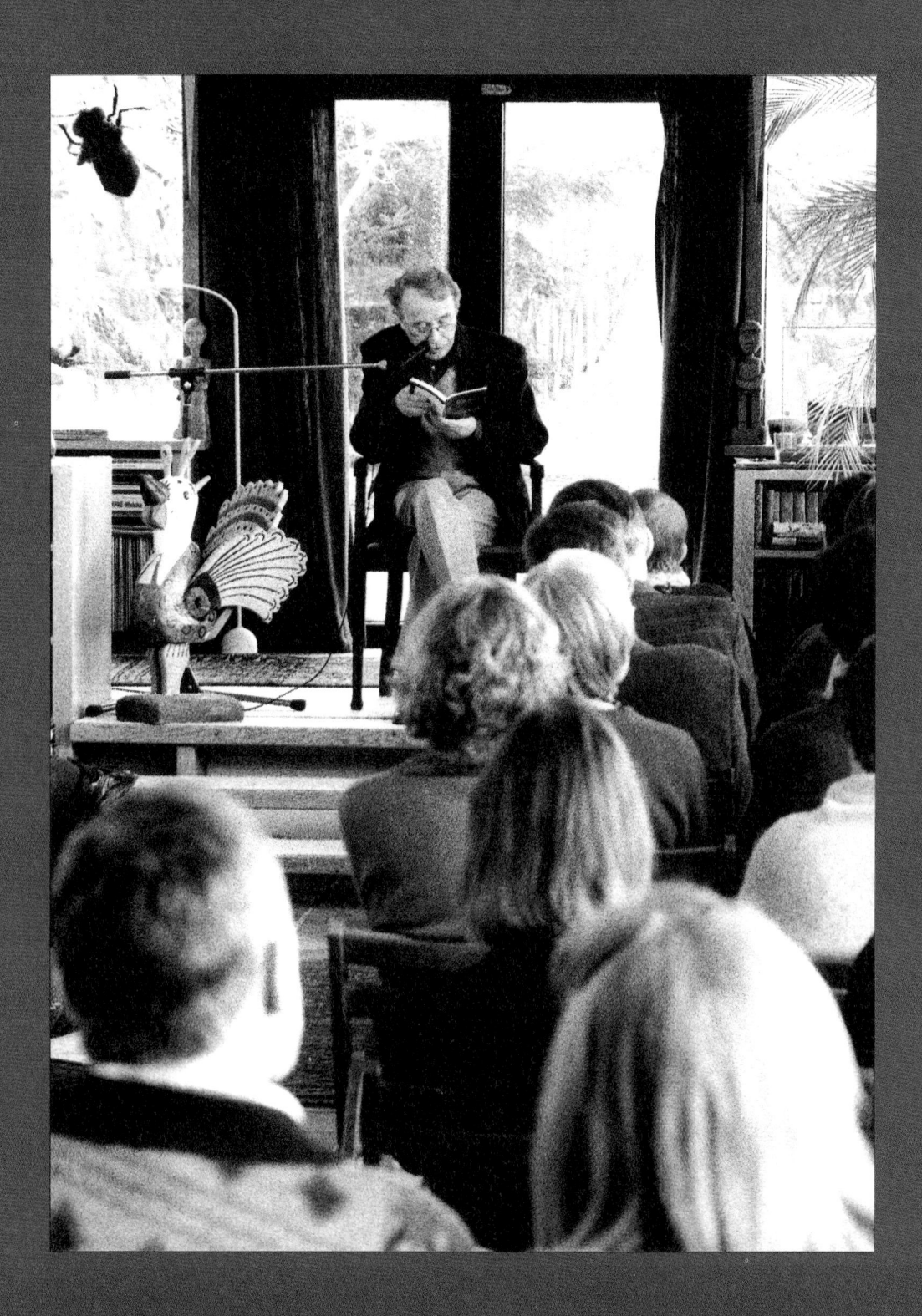

42. Literaturseminar September 2000: Heinz Ludwig Arnold, Günter Kunert, Katja Behrens, Jörg Drews

Im Gespräch mit Ulla Hahn

Martin Walser, September 2000

Siegfried Lenz, März 2000

Paul Kersten, März 2000

Jörg Drews, September 2000

40. Literaturseminar September 1999, Peter Rühmkorf

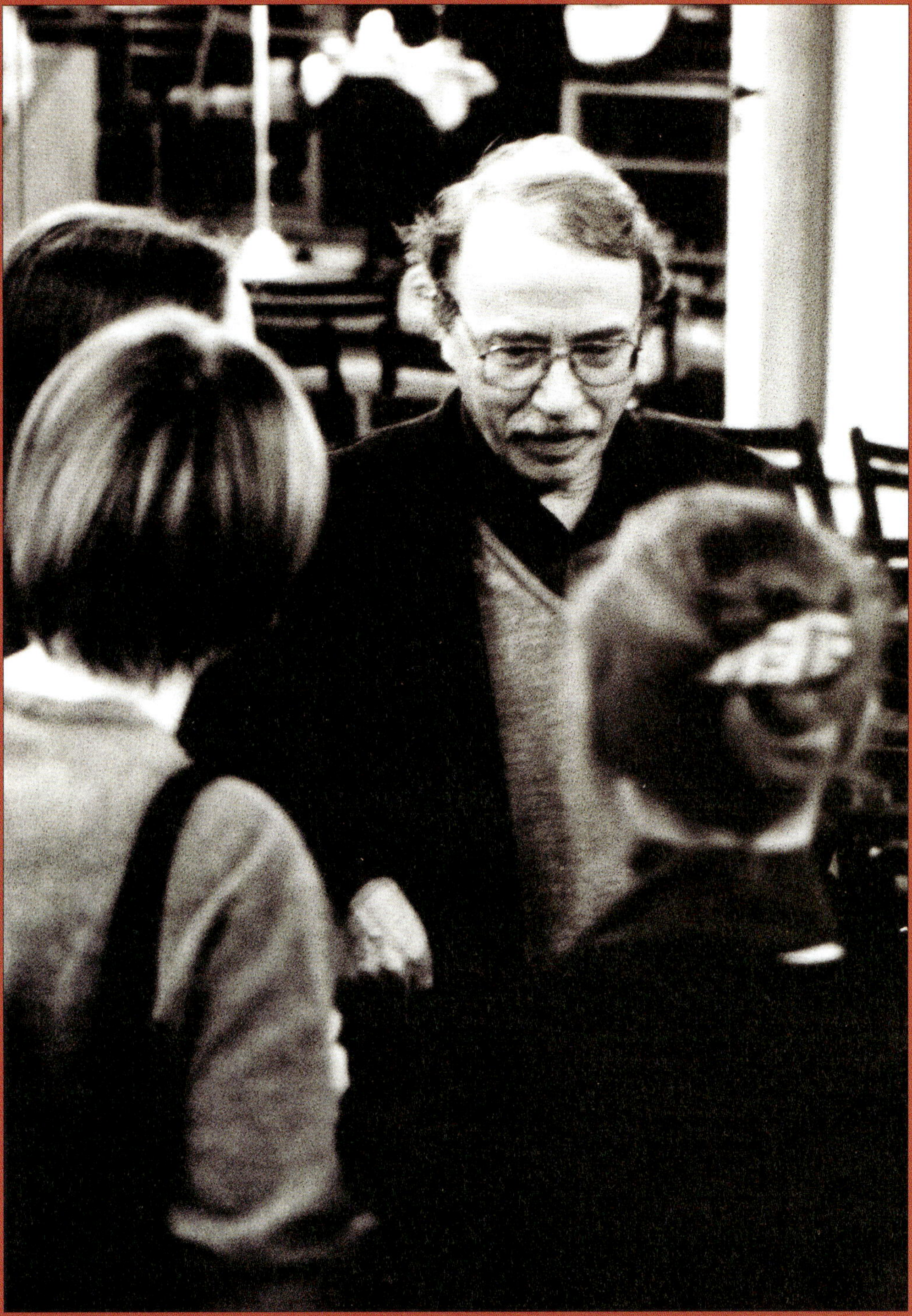

Im Steinfelder Holz bei Nartum

Blick auf den Röhrberg

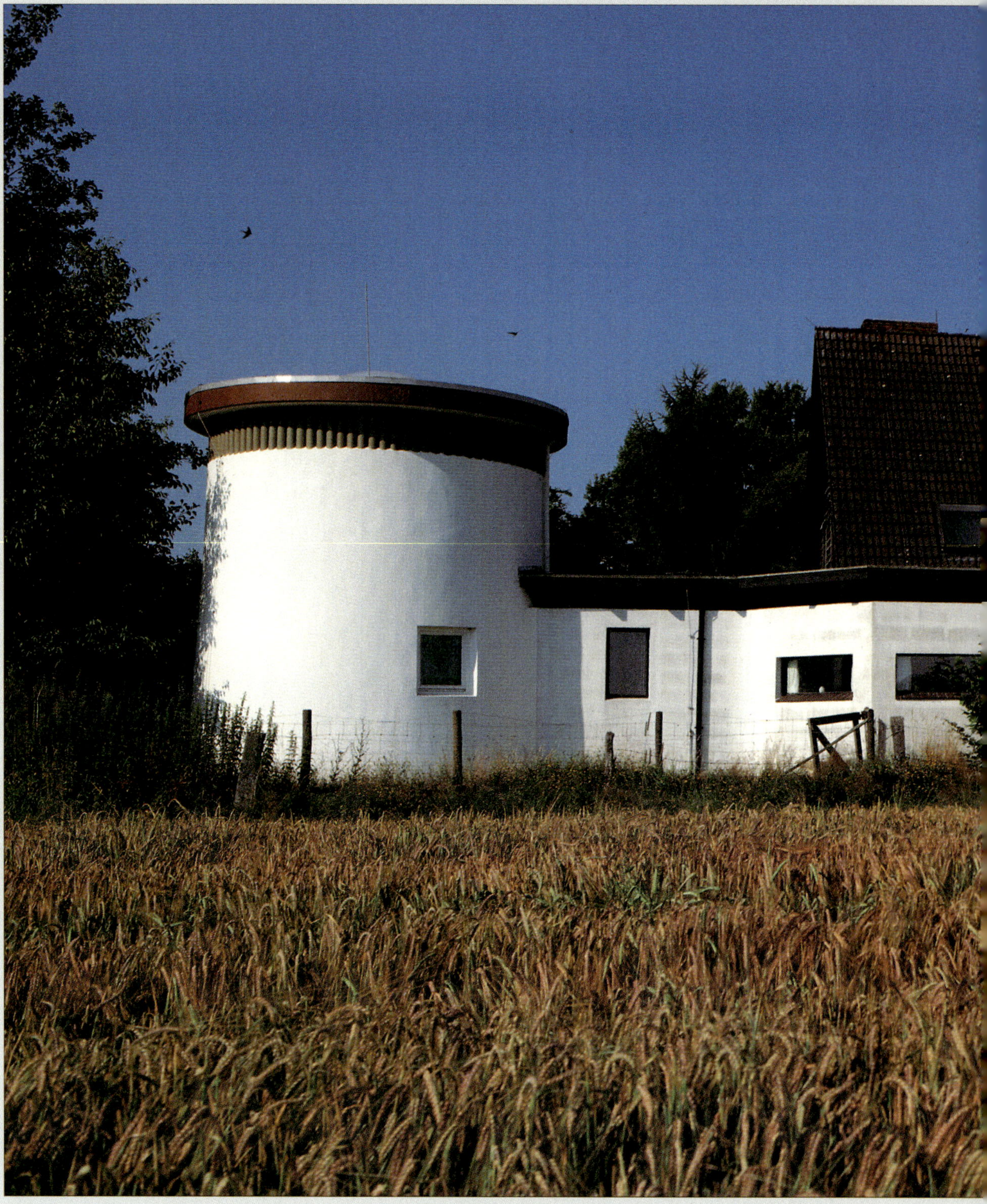

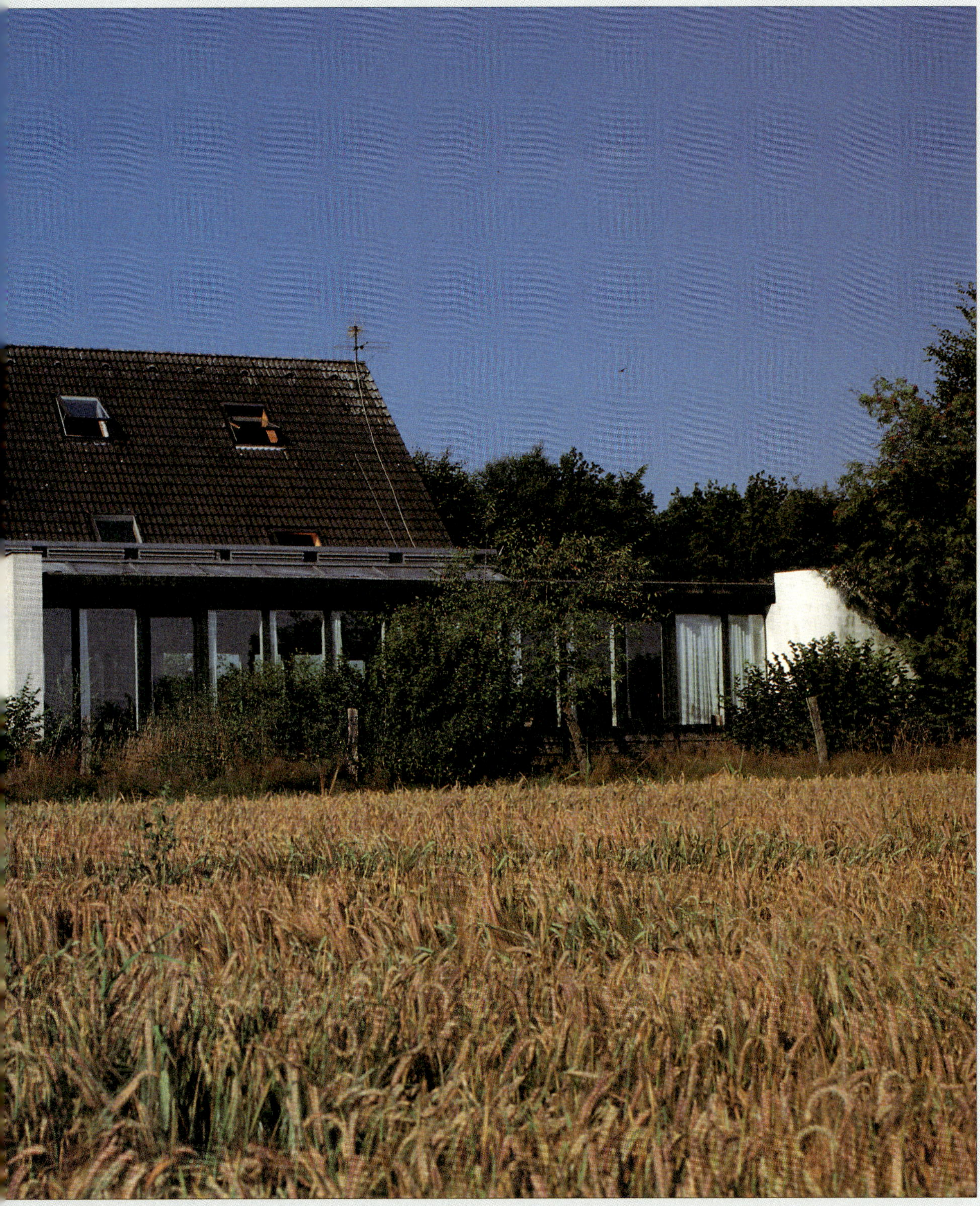

In der Halle

„Zitat urmenschlichen Wohnens"

Blick von der Halle in den Teepavillon

Krakauer Holzfiguren

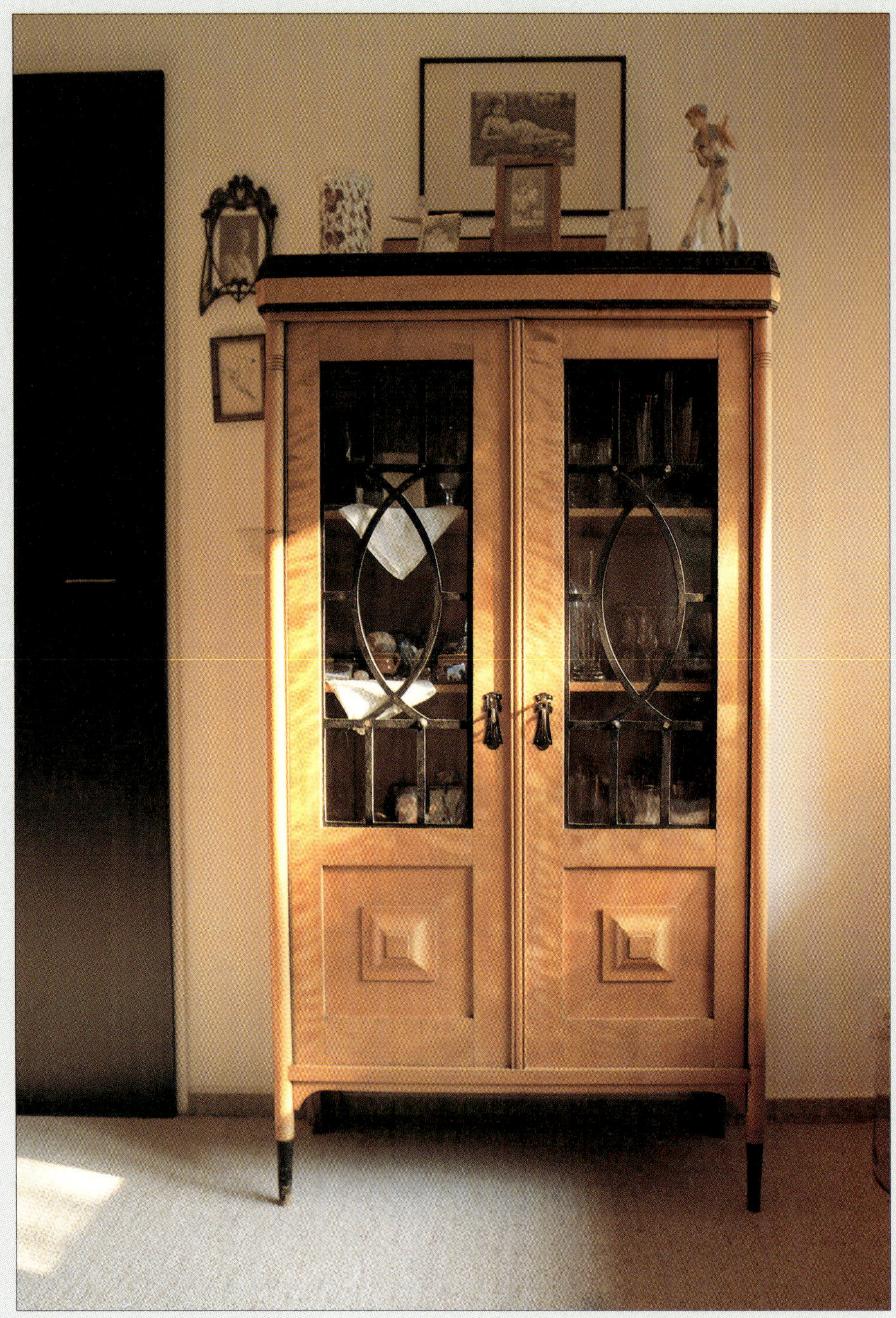

Damenzimmer

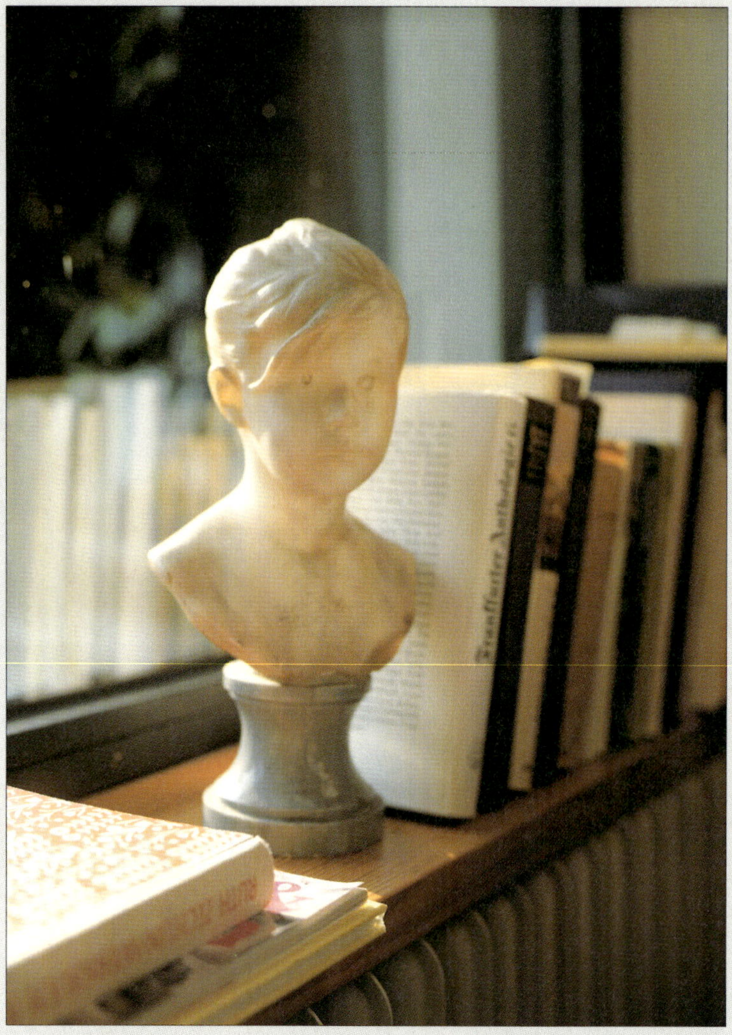

Teepavillon

Im Garten, nach der Teestunde

69

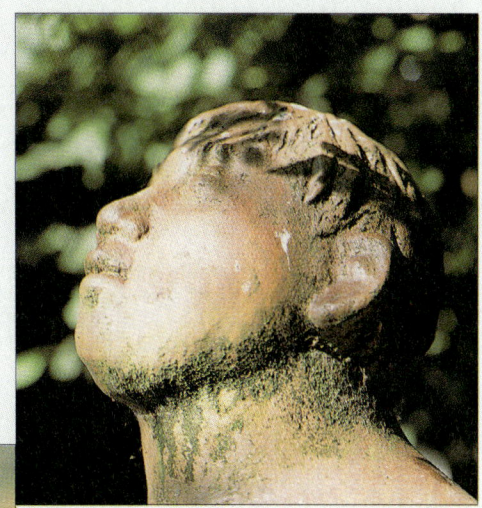

Omastube

Rechts: „Minutenlang geht man hier an Büchern vorüber"

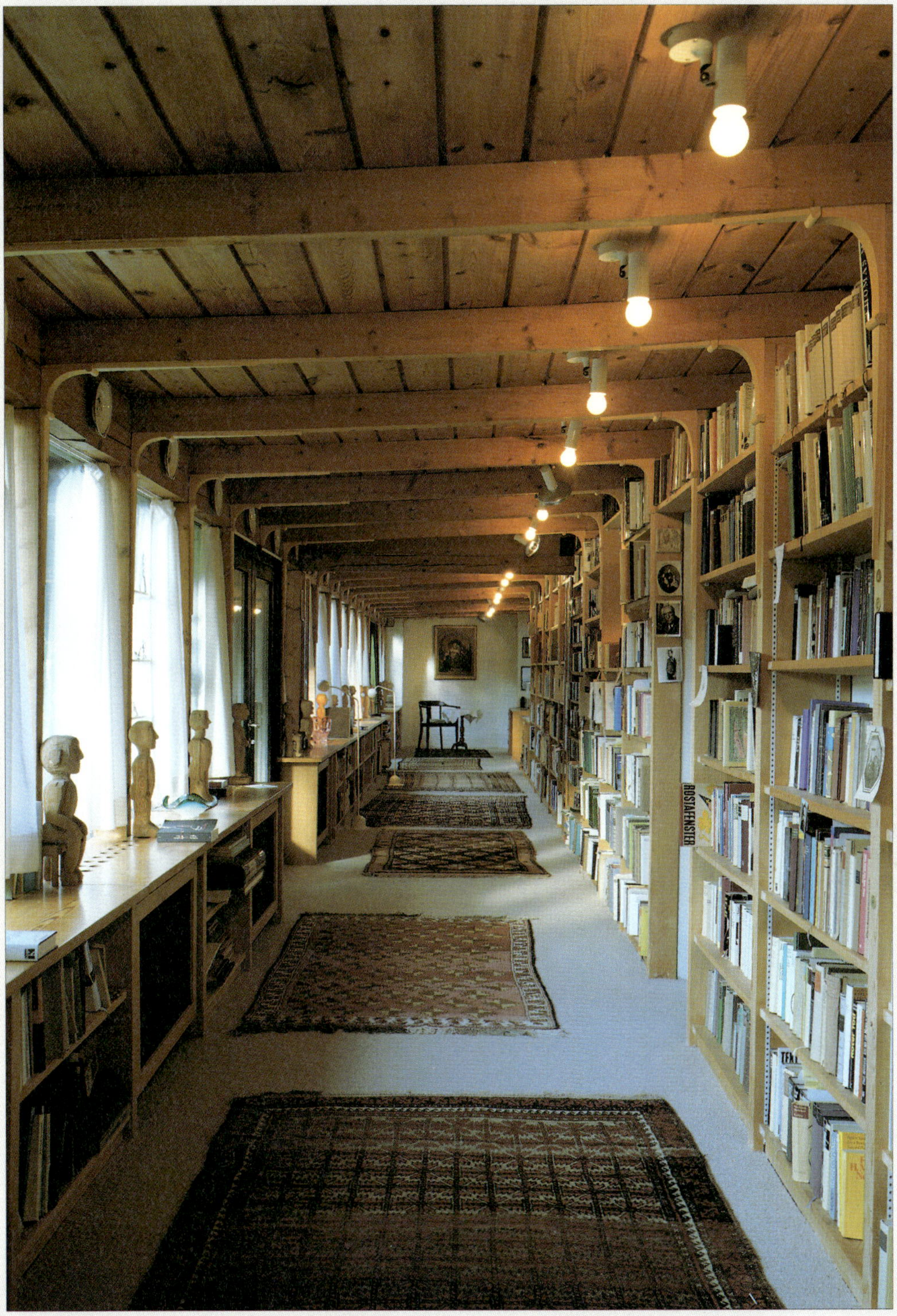

Vor dem Haus

Teepavillon

„Die Fluchtburg"

Saal mit Blick in die Allee

Mexikanische Masken

77

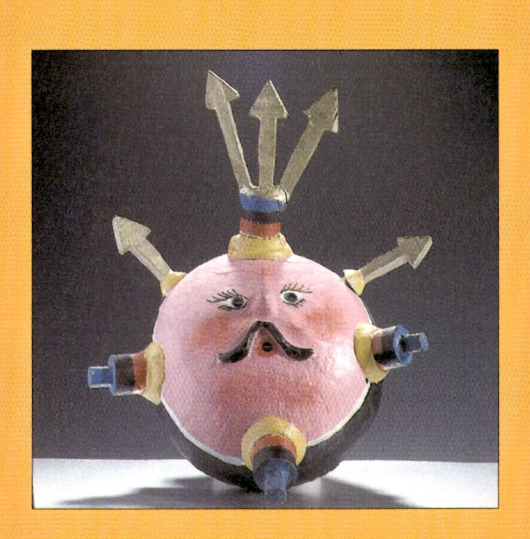

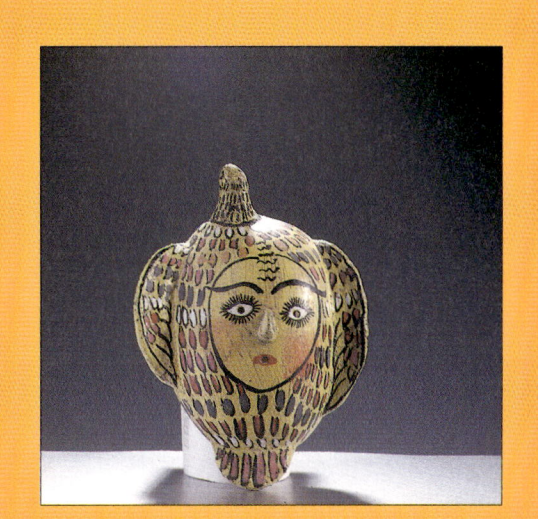

Flügel

Saal, sich spiegelnd

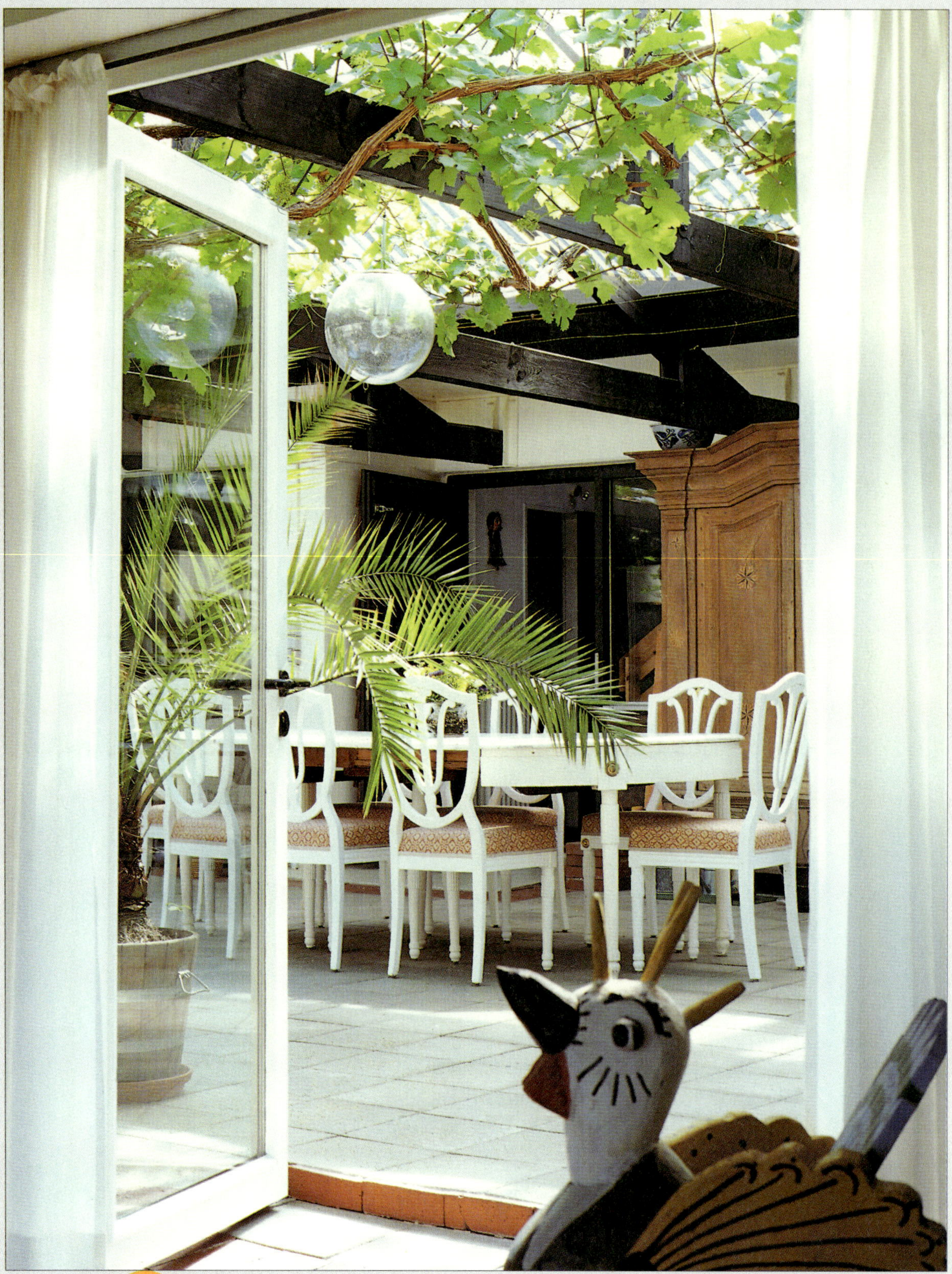

Innenhof

Turm

83

Turm mit „Dilldapp"

rechts: Turm mit „Trinkender"

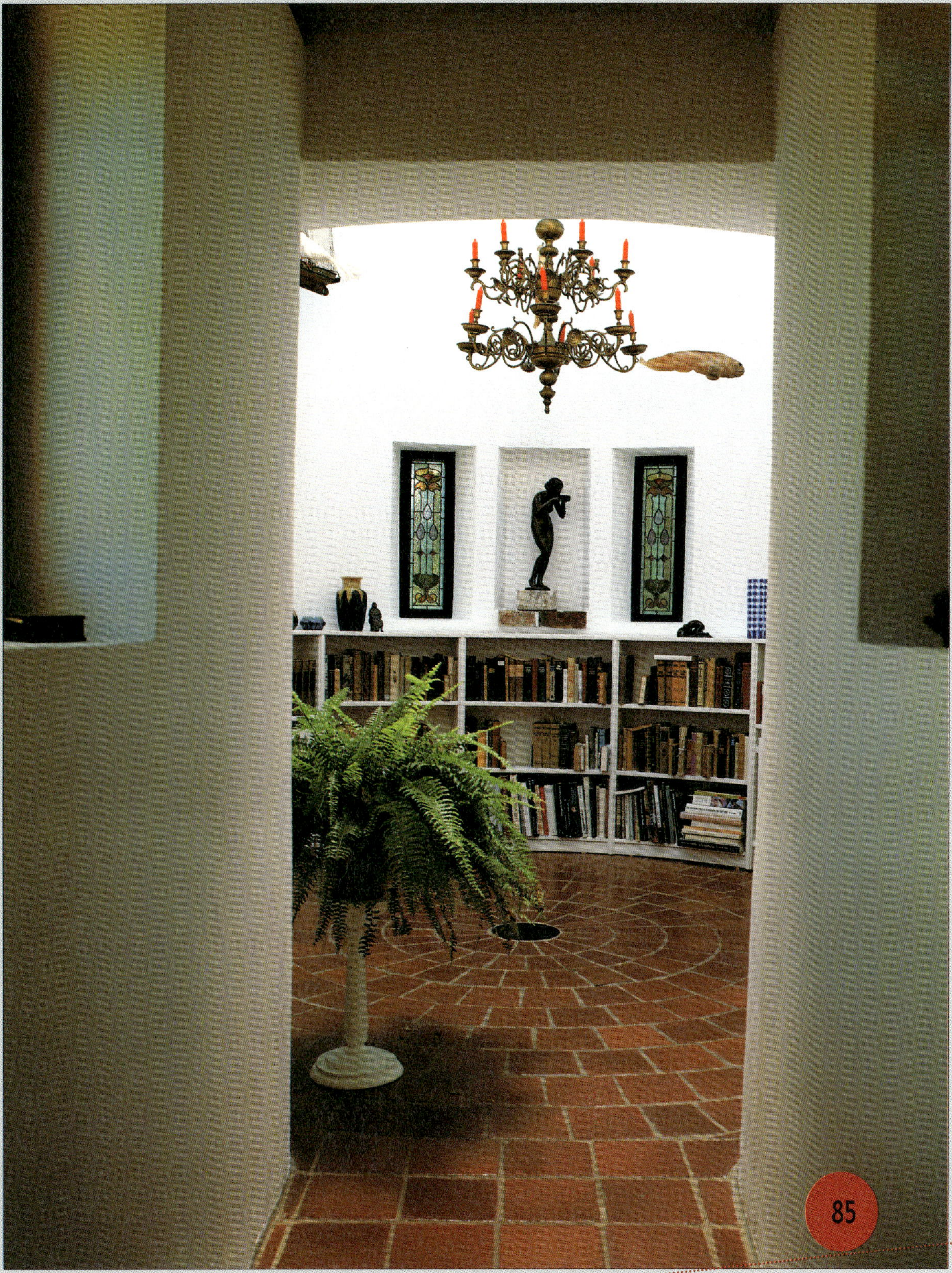

Archivgang mit Kugelbahn Nr. 15

Cecil H. Lay, Rural Wedding, 1937
Rudolf Schäfer, Darbringung im Tempel, 1955
Joachim Jung, Rudi A., 1984

87

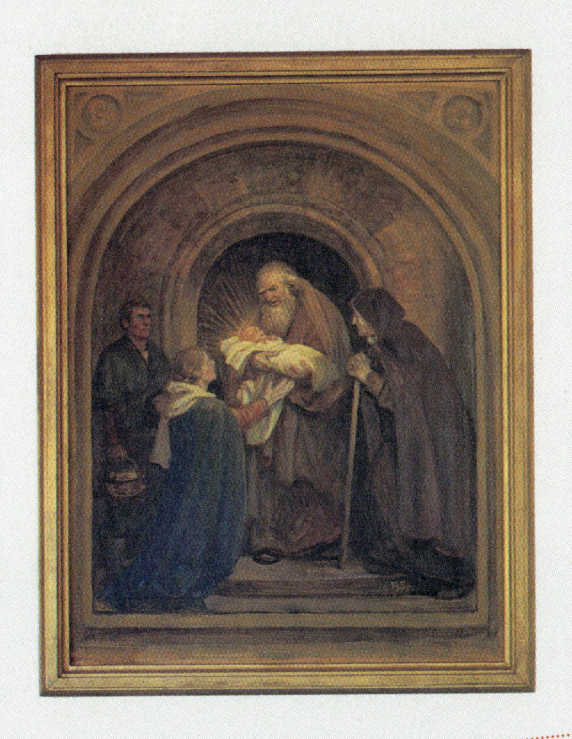

Die Allee

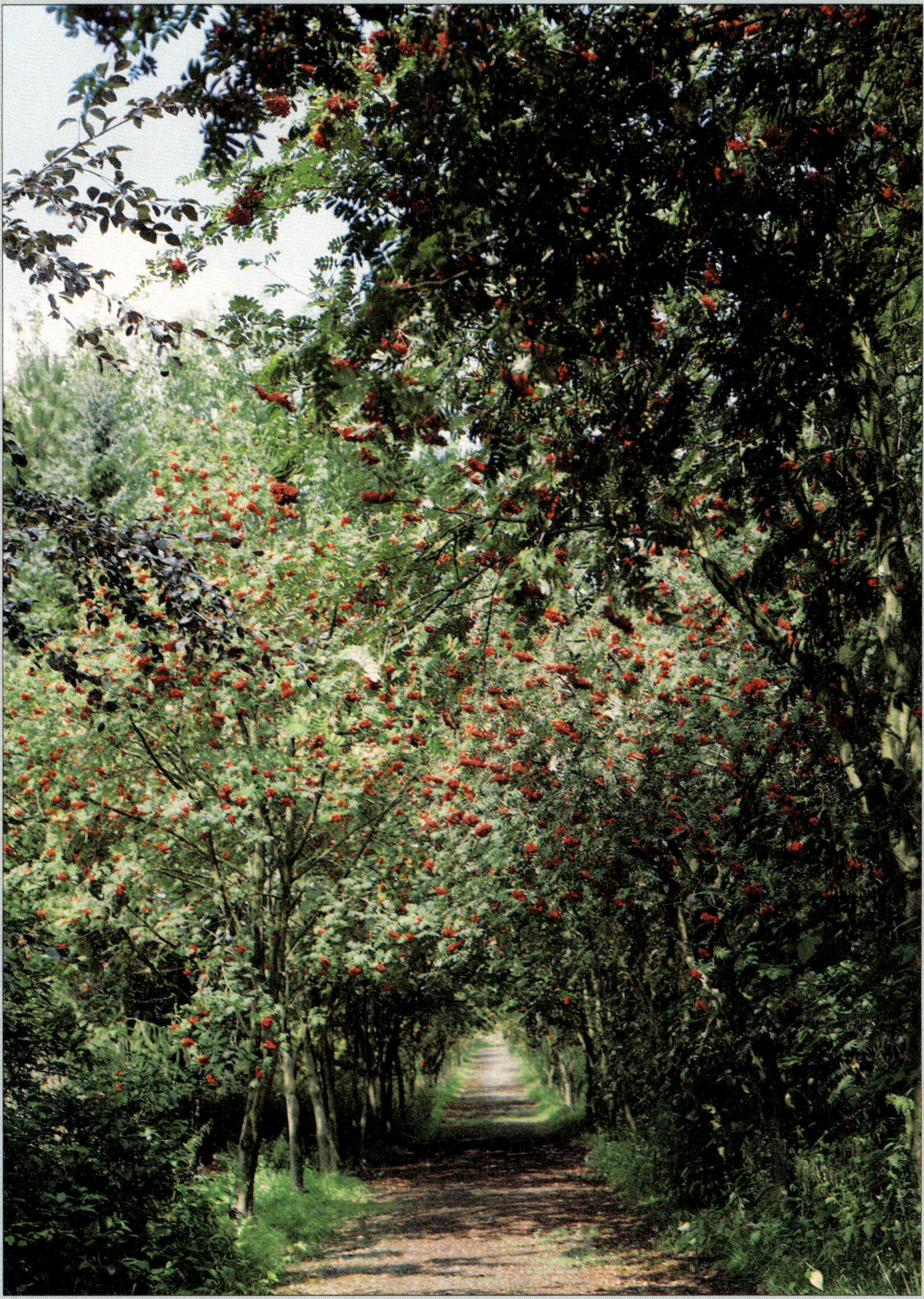

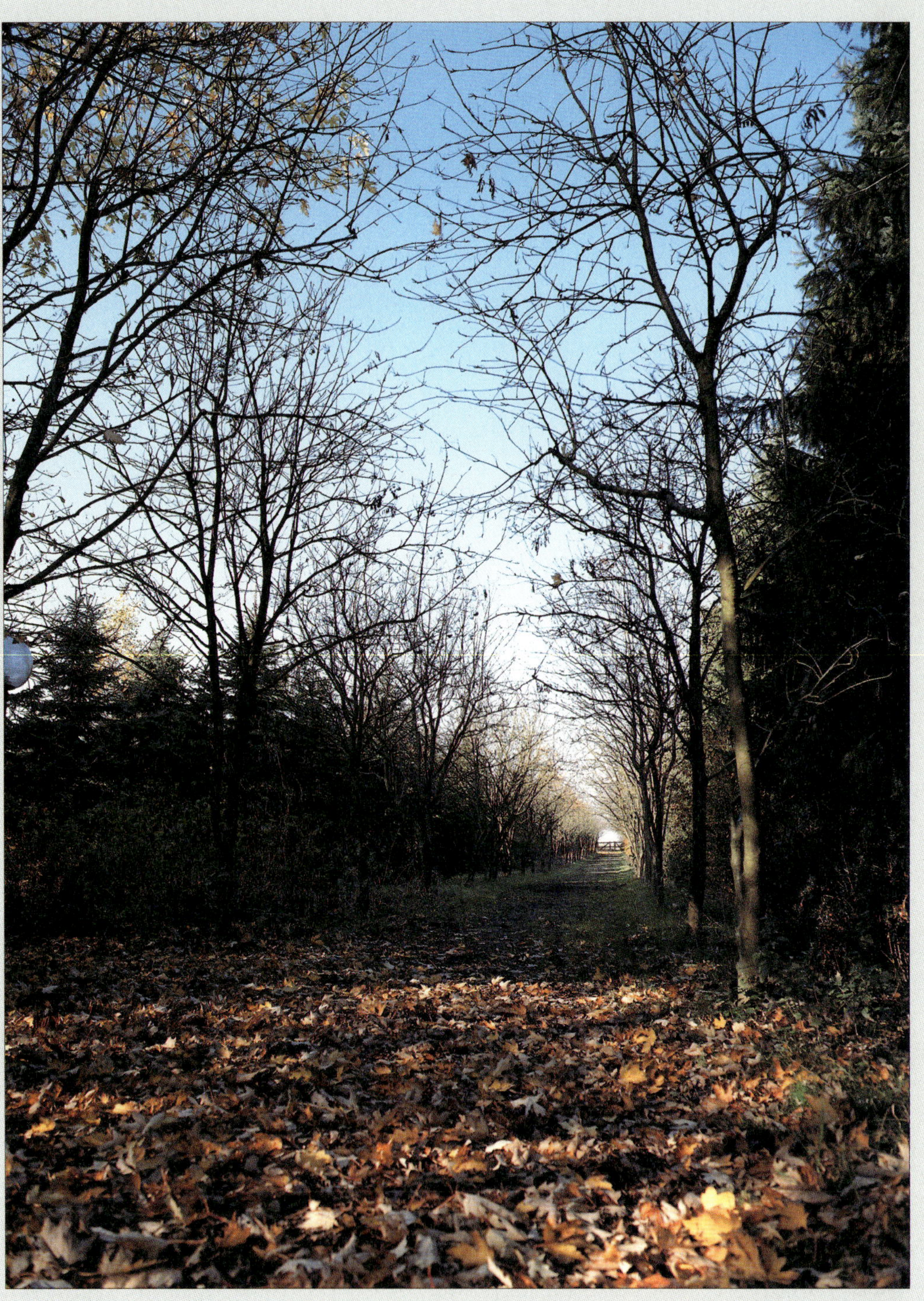

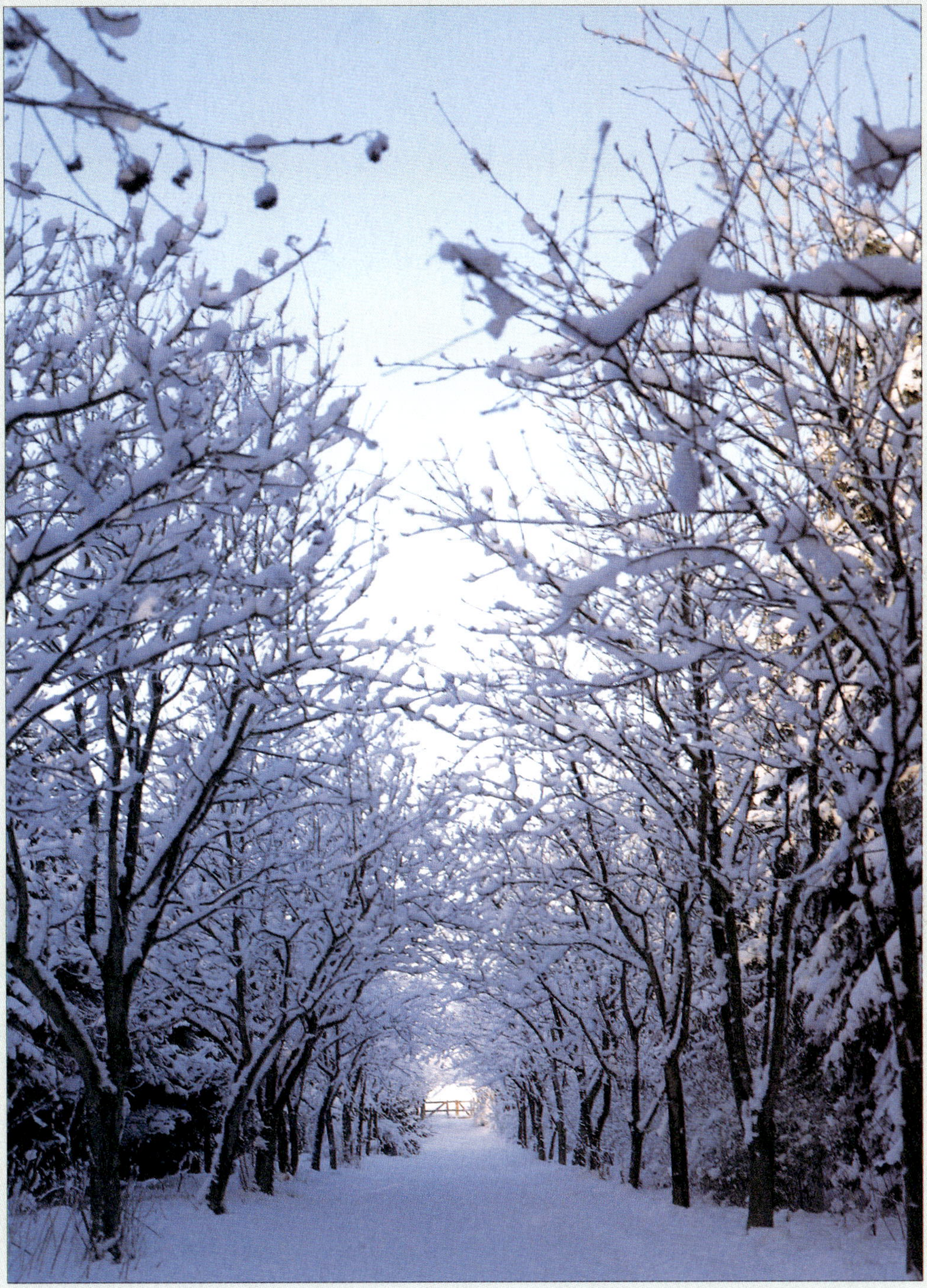

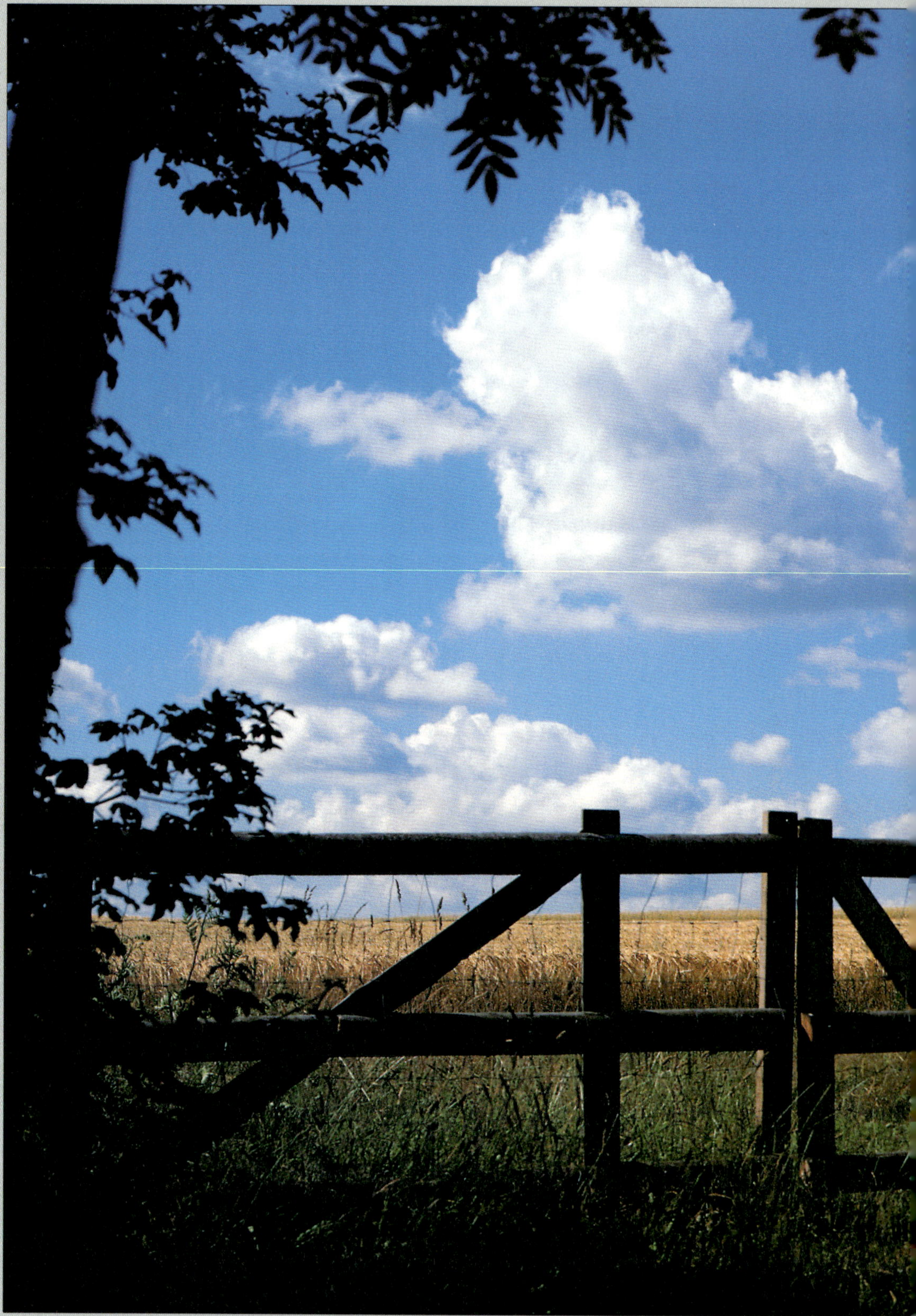

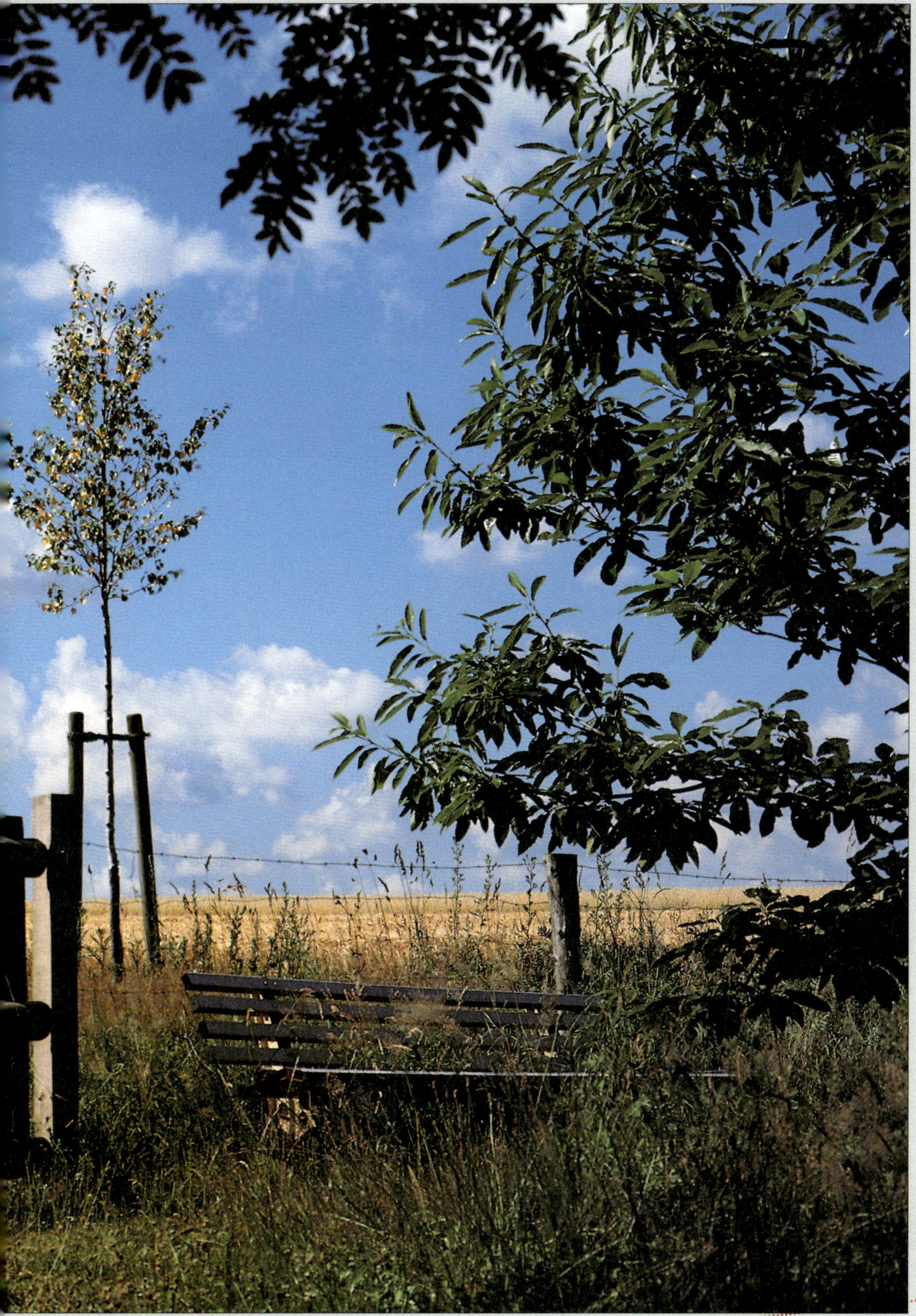

Der Textautor des Buches, **Dr. Dirk Hempel**, geb. 1965 in Cuxhaven, ist Literaturwissenschaftler und lebt in Hamburg.

Die Fotografin **Frauke Reinke-Wöhl**, 1966 in Bremen geboren, lebt in Rotenburg/Wümme

Verlag und Autoren danken für das Sponsoring dieses Buches:
Sparkassse Rotenburg-Bremervörde
Stadt Zeven
Gemeinde Gyhum
Architekturbüro Werner Behrens, Rotenburg

© 2001 by
Verlag Atelier im Bauernhaus
28870 Fischerhude
Gestaltung: Wolf-Dietmar Stock
Lithographie: V. Wrobel, Bremen
Druck: Zeller-Druck, Zeven
ISBN 3-88 132 257-4